ध्यान

एवं उसकी विधियाँ

स्वामी विवेकानन्द

प्रभाकर
प्रकाशन

HB ISBN: 978-93-67936-20-7
ISBN: 978-93-67932-57-5
eISBN: 978-93-67930-64-9

प्रकाशकः प्रभाकर प्रकाशन
प्लॉट नं.-63, प्रथम तल, मेन मदर डेयरी रोड
पांडव नगर, ईस्ट दिल्ली-110092
फोनः 011-40395855
व्हाट्स ऐपः +91 9319228272
ई-मेलः sales@pharosbooks.in
वेबसाइटः www.prabhakarprakashan.com

संस्करणः 2025

ध्यान एवं उसकी विधियाँ
स्वामी विवेकानन्द

विषय-सूची

1
स्वामी विवेकानन्द : एक परिचय

मुझे एक ऐसे देश का व्यक्ति होने का अभिमान है, जिसने इस पृथ्वी के समस्त धर्मों और देशों के उत्पीड़ितों तथा शरणार्थियों को आश्रय प्रदान किया है। मुझे आपको यह बताते हुए गर्व का अनुभव होता है कि हमने अपने वक्ष में यहूदियों के विशुद्धतम अवशिष्ट अंश को स्थान दिया था, जिन्होंने दक्षिण भारत में आकर उसी वर्ष शरण ली थी, जिस वर्ष उनका पवित्र मंदिर रोमन जाति के अत्याचार से धूल-धूसरित कर दिया गया था। ऐसे धर्म का अनुयायी होने में मैं गर्व का अनुभव करता हूँ, जिसने महान जरथुष्ट्र जाति के अवशिष्ट अंश को शरण दी और जिसका पालन वह अब तक कर रहा है।

ऐसे महान शब्दों का शंखनाद करने वाले ओजस्वी संन्यासी स्वामी विवेकानन्द का जन्म बंगाल प्रेसीडेंसी और भारत की तत्कालीन राजधानी कलकत्ता (वर्तमान कोलकाता) में 12 जनवरी, 1863 ई. को हुआ था। इनकी पारिवारिक पृष्ठभूमि बड़ी सशक्त और कुलीन थी। समाज में अपना अभिजात वर्ग में स्थान रखने वाले दत्त परिवार की प्रसिद्धि उनके पुरखों की विद्वता और व्यवहार से स्थापित हुई थी।

विवेकानन्द के पिता का नाम विश्वनाथ दत्त और माता का नाम भुवनेश्वरी देवी था। बच्चे के नामकरण के विषय में जब भुवनेश्वरी देवी से पूछा गया तो उन्होंने शिव

को नमन करते हुए अपने नवजात पुत्र का नाम वीरेश्वर रखने की बात कही। उनकी इच्छा को ध्यान में रखते हुए इसी नाम के घरेलू संस्करण के रूप में शिशु को 'बिले' कहकर पुकारा गया। बालक सभी का बड़ा प्रिय था, इसलिए बारी-बारी से सभी परिजनों को उसे गोद में खिलाने का समुचित समय निर्धारित करना पड़ा था। जब अन्नप्राशन संस्कार हुआ तो विधि-विधान से बिले का नाम 'नरेंद्रनाथ दत्त' रखा गया।

गोद में खेलने वाले नरेंद्र धीरे-धीरे जमीन पर चलने लगे। अब उनमें हर चीज को ध्यान से देखने और जानने की जिज्ञासा जाग्रत होने लगी। बचपन से ही साधारण बालक से इतर उनके व्यवहार में त्वरित प्रक्रिया और जिज्ञासा का भाव अधिक था। अपने आसपास के वातावरण को वे बड़े गौर से देखकर ही प्रतिक्रिया देते थे। बाल-सुलभ चंचलता के साथ ही उनमें अद्भुत गंभीरता भी थी। जब माता उन्हें रामायण, महाभारत और पुराणों के रोचक प्रसंग सुनातीं तो वे बड़े ध्यान से सुनते थे और बीच-बीच में प्रश्न भी करते रहते थे। कई बार तो वे ऐसे प्रसंगों की अतिरंजिता पर भी सवाल कर देते थे और कई बार किसी असंभव-सी बात को सुनकर हठ कर बैठते थे कि वैसा कैसे हो सकता था? यह तो असंभव है।

वेदों, पुराणों, उपनिषदों आदि ग्रंथों के प्राचीन प्रेरणामयी चरित्रों का वर्णन वे बचपन से सुनते आए थे। भगवान श्रीराम के आदर्शों पर उनकी बड़ी श्रद्धा थी। इसके साथ ही वे भगवान शिव के विविध चरित्रों से भी बहुत प्रभावित थे। वे मेले से राम-सीता की सुंदर मूर्तियाँ लाए थे और उनकी पूजा करते थे, फिर वे भगवान शिव की भी पूजा करने लगे। पूजा करते समय वे इतने ध्यानमग्न हो जाते कि उन्हें अपनी स्थिति का भी कुछ ध्यान न रहता था। एक दिन वे इसी प्रकार ध्यानमग्न थे, तभी वहाँ कहीं से एक विषधर सर्प आ गया, जो उनके समीप ही रेंगने लगा। उनके मित्रों ने जब यह दृश्य देखा तो भय से शोर मचाने लगे, लेकिन नरेंद्र स्थिर चित्त से ध्यानमग्न रहे। शोर सुनकर सारा परिवार वहाँ आ गया था और सबके होश उड़े हुए थे। नाग और नरेंद्र के बीच अधिक दूरी नहीं थी। नरेंद्र उस स्थिति में भी जैसे उस गंभीर संकट से अनभिज्ञ थे। किसी प्रकार की मदद का प्रयास उस नाग को हमले के लिए भड़का सकता था।

फिर अचानक न जाने क्या हुआ कि नाग वहाँ से रेंगते हुए कमरे में ही कहीं लुप्त हो गया। सबने राहत की साँस ली। माता झपटकर अपने पुत्र को बाँहों में लेकर

रोने लगीं। नरेंद्र समाधि से बाहर आए। वे अपने आसपास परिजनों तथा मित्रों को बदहवास खड़े देखकर चकित रह गए और बड़े भोलेपन से अपनी माता से इसका कारण पूछा कि माँ, क्या हुआ? सब लोग इतने परेशान क्यों हैं? माता कहने लगीं- बिले बेटा! आज भगवान शिव की बड़ी कृपा हुई, जो तुम्हारा जीवन सुरक्षित रहा। एक भयानक नाग तुम्हारे पास आ गया था। तुमने अच्छा किया, जो जरा भी हिले-डुले नहीं, अन्यथा वह नाग तुम पर झपट पड़ता।

नरेंद्र ने सहज भाव से कहा- माँ, मुझे तो अपने पास नाग के होने का आभास तक नहीं था। मैं तो शिव के ध्यान में आनंदमग्न था। वैसे भी नाग तो शिव के ही कंठमाल होते हैं। वह मुझे क्यों हानि पहुँचाता।

नरेंद्र के मित्र सुरेंद्रनाथ के घर दक्षिणेश्वर के महासाधक का आना हुआ तो स्वाभाविक रूप से उनके समर्थक भी बड़ी संख्या में आए थे। संध्या समय सुरेंद्रनाथ ने अपने गुरुदेव का मन बहलाने के लिए भजन कार्यक्रम का आयोजन किया जिसमें अपने मित्र नरेंद्र को भी बुलाया। नरेंद्र अपने मधुर कंठ से बड़े भक्ति-भाव से भजन गाते थे। नरेंद्र ने इस कार्यक्रम में पूरे समर्पण भाव से भजन सुनाए। उनके भजन सुनकर रामकृष्ण परमहंस भाव-विभोर होकर उन्हें अपलक देखते रहे। जब जाने का समय हुआ तो परमहंस जी ने उस युवा गायक के मधुर कंठ की प्रशंसा की और नरेंद्र को दक्षिणेश्वर आने का आमंत्रण दिया जिसे सहज भाव से नरेंद्र ने भी स्वीकार कर लिया। यह एक छोटी-सी औपचारिक भेंट मात्र थी।

इसके बाद नरेंद्र ने अपनी पढ़ाई में ध्यान लगाया, लेकिन इसके साथ ही उनकी वैचारिक व्यावहारिकता में तेजी से वृद्धि होने लगी थी। अब वे विरक्ति की ओर झुक गए थे। माता-पिता उनकी इस दशा पर चिंतित रहने लगे और उनके विवाह की बात चलाई गई। नरेंद्र कुछ क्षण मौन रहे फिर बोले कि पिताजी! मुझे क्षमा करें। मैं विवाह नहीं कर सकता। मेरा लक्ष्य जीवन के इस पारंपरिक मार्ग पर चलना नहीं, बल्कि कुछ नए मार्गों की खोज करना है। स्वमुक्ति से सर्वमुक्ति की राह की खोज करना है। विश्वनाथजी ऐसे पिता नहीं थे, जो सुयोग्य पुत्र पर अपने विचार थोपते। अतः उन्होंने अधिक कुछ न कहकर उनके निर्णय को अर्द्ध-स्वीकृति दे दी। यद्यपि अन्य परिजनों और मित्रों के माध्यम से नरेंद्र को समझाने के प्रयास उन्होंने फिर भी किए।

जब चारों ओर से दबाव पड़ने लगा तो नरेंद्रनाथ की मानसिक शांति भी भंग हो गई थी। उनके एक चिकित्सक मित्र रामचंद्र दत्त रामकृष्ण परमहंस के शिष्य थे। उन्होंने नरेंद्रनाथ की मानसिक स्थिति को भाँप लिया और उन्हें यह सलाह दी- "नरेंद्र, यदि शांति चाहते हो तो दक्षिणेश्वर चले जाओ। तुम्हें सत्य की खोज करनी है तो उसके लिए माध्यम की जरूरत होगी और वह तुम्हें दक्षिणेश्वर में ही प्राप्त होगा।"

नरेंद्र को इस बात से कुछ शांति तो मिली, लेकिन वे इस बात से आश्वस्त नहीं थे कि साधारण संत सत्य की खोज का माध्यम बन सकता है, फिर भी उन्होंने दक्षिणेश्वर जाने का निर्णय लिया। एक दिन कुछ मित्रों के साथ वे वहाँ जा पहुँचे। उस समय रामकृष्ण परमहंस कुछ शिष्यों के साथ चर्चा में व्यस्त थे। जब उन्होंने नरेंद्र को देखा तो प्रसन्नता से उनके नेत्र चमक उठे और बड़े प्रेम से उन्होंने नरेंद्र को अपने पास बिठाकर उनसे बात की। नरेंद्र आश्चर्य में थे कि वह संन्यासी क्यों उनसे इस प्रकार बात कर रहा था, जैसे वर्षों से परिचित हो। लेकिन अभी तो आश्चर्य और भी होने थे।

जब रामकृष्ण उन्हें एकांत में ले गए तो उनका हाथ पकड़कर भाव-विभोर होकर कहने लगे- "तुम इतने दिनों बाद क्यों आए? मैं तुम्हारे आने की प्रतीक्षा कर रहा था। यह भीड़ जो तुम देख रहे हो, इनसे बातें करते-करते मैं ऊब गया हूँ। इनकी बातों में कोई तत्त्व ही नहीं है। अब तुमसे बातें करके मेरे मन को अवश्य ही शांति मिलेगी। तुम मेरे संतप्त हृदय पर वर्षा की बूँद के समान गिरो।"

नरेंद्र उस व्यवहार पर चकित थे। संत के नेत्रों से निरंतर आँसू गिर रहे थे, जिनकी शीतलता उन्हें और भी चकित कर रही थी। रामकृष्ण जी नरेंद्र से कहने लगे- "तुम नहीं जानते कि तुम कौन हो? मैं जानता हूँ। तुम सप्त ऋषिमंडल के ऋषि हो। इस संसार को आलोकित करने वाले सूर्य हो। तुम ही वह नर रूपी नारायण हो, जो जीव-कल्याण के लिए अवतरित हुए हो।"

नरेंद्र अत्यंत व्यावहारिक थे। किसी बात पर आसानी से विश्वास कर लेना उनका स्वभाव नहीं था। उन्हें रामकृष्ण की बातों में बनावट और अतिशयोक्ति के अतिरिक्त कुछ नहीं लगा। उन्हें प्रतीत हुआ कि यह आदमी पागल है, जो ऐसी बेसिर-पैर की बातें कर रहा है, परंतु उन्हें तब और भी चकित हो जाना पड़ा, जब उन्होंने लोगों के बीच रामकृष्ण को सहज वार्तालाप करते देखा। अब वह पागलपन कहाँ चला गया?

यह तो पाखंड जैसा व्यवहार था, लेकिन उनकी बातों में जो गूढ़ता थी, जो प्रभाव था, उसे भी नकारा नहीं जा सकता।

काफी समय तक नरेंद्र निर्विकार, निराश और निष्प्रयोजन भटकते रहे, लेकिन मन का विचलन तो टिकने नहीं देता था। अंततः एक निर्णायक प्रश्न लेकर नरेंद्र फिर से दक्षिणेश्वर पहुँच गए। काफी दिनों के बाद उन्हें वहाँ देखकर सभी बड़े प्रसन्न हुए। रामकृष्ण के नेत्रों से अनुराग बरस पड़ा था। नरेंद्र के नेत्रों में प्रश्न की छाया थी और नैराश्यपूर्ण दृढ़ता से उनका मुख चमक रहा था। अब नरेंद्र ने प्रश्न किया- "महाराज, क्या आपने ईश्वर के दर्शन किए हैं?" रामकृष्ण ने अविलंब शांत भाव से उत्तर दिया- "मैंने ईश्वर के दर्शन किए हैं। ठीक उसी प्रकार जिस प्रकार मैं तुम्हें देख रहा हूँ। क्या तुम भी ईश्वर के ऐसे ही दर्शन करना चाहोगे? यह असंभव नहीं है। कठिन अवश्य है, परंतु असंभव नहीं! इसके लिए तुम्हें कुछ नियमों का पालन करना होगा।"

रामकृष्ण के शब्दों से नरेंद्र के अति व्याकुल मन को थोड़ी राहत अवश्य मिली, क्योंकि जिस दृढ़ता और विश्वास से रामकृष्ण ने ईश्वर से साक्षात्कार की बात कही थी, ऐसी दृढ़ता से आज तक किसी विद्वान ने नहीं कही थी, परंतु फिर भी नरेंद्र अभी तक रामकृष्ण परमहंस को गुरु के रूप में स्वीकार नहीं कर सके थे।

एक दिन नरेंद्र कुछ माह के बाद दक्षिणेश्वर पहुँचे थे तो परमहंस भाव-विभोर होकर उनसे लिपट गए और उन्हें एकांत में ले जाकर तख्त पर अपने पास बिठा लिया। अचानक ही उनके दाएँ पैर ने नरेंद्र का स्पर्श किया। अचानक जैसे उल्कापात हुआ। नरेंद्र के मनो-मस्तिष्क में हजारों उल्कापिंड तेज प्रकाश के साथ टूट-टूटकर बिखर रहे थे। आँखें खुली थीं और जो घटित हो रहा था, वह दिख रहा था। दीवारें, दरवाजे जैसे अणुओं में बदलकर विलीन हो रहे थे। एक महाशून्य प्रकट हो गया था जिसमें सब समाए जा रहा था। स्वयं नरेंद्र भी खुद को कणों में बदलता महसूस कर रहे थे। अचानक एक अज्ञात भय से वे चिल्ला उठे- "अरे, मैं मरा! यह आपने क्या कर डाला? मेरे माता-पिता....।" फिर रामकृष्ण ने उन्हें सचेत कर दिया।

नरेंद्र सचेत होकर अपलक उन्हें देखने लगे। यह कौन-सा जादू था। वे अपनी इच्छाशक्ति पर बहुत विश्वास करते थे, लेकिन आज एक स्पर्श ने उन्हें सोचने पर मजबूर कर दिया था। वह दिव्य अनुभूति तन-मन को झंकृत कर गई थी। क्षण-भर और

उस दशा में रहने की इच्छाशक्ति दिखाई होती तो निश्चय ही कुछ ऐसा विचित्र घटित होता कि जीवन में प्रचंड परिवर्तन आ चुका होता। चूक हो गई, भय हावी हो गया था, जो कि नहीं होना था। विचारों की नई श्रृंखला और अनुभूतियों के साथ नरेंद्र घर लौटे तो उस दिव्य स्पर्श और उससे हुई अलौकिक प्रतिक्रिया के संदर्भ में ही सोचते रहे।

इस घटना से नरेंद्र के जीवन में क्रांतिकारी परिवर्तन आ गया था। अब सद्गुरु में आस्था और विश्वास दृढ़ हो गए थे। अब विश्वास हो गया था कि ठाकुर अर्थात् परमहंस स्वयंसिद्ध महापुरुष हैं और निश्चय ही ईश्वर से साक्षात्कार कर चुके हैं। उनका पागलों जैसा व्यवहार वास्तव में उनकी शिशुतुल्य निश्छलता का प्रतीक था, न कि उनके मानसिक पागलन का। नरेंद्र अब पूर्णतया गुरु को समर्पित हो गए थे। शंकाएँ नष्ट हो गई थीं। हृदय शांत हो गया था और अंतर्कपाट खुल गए थे। अब नरेंद्र अपनी पढ़ाई पर भी ध्यान देने लगे थे। बी. ए. में प्रवेश लेने के साथ ही वे अपने पारिवारिक व्यवसाय को भी सीखते थे। वे प्रसिद्ध वकील निमाईचरण बोस के सान्निध्य में वकालत सीखने लगे। पढ़ाई-लिखाई के साथ-साथ अध्यात्म पर भी उनकी पकड़ दृढ़ होती जा रही थी।

नरेंद्र ने बी.ए. की परीक्षा उत्तीर्ण करके बी.एल. में प्रवेश ले लिया था। फरवरी, 1884 ई. में नरेंद्र एक दिन अपने एक मित्र के घर गए हुए थे। उनकी मित्रमंडली भी वहाँ मौजूद थी। उनके बीच प्रायः शिक्षा, धर्म, राजनीति और गीत-संगीत पर व्यापक चर्चा होती रहती थी। उस दिन भी ये सभी कार्य हुए और गीत-संगीत का अंतिम दौर चल रहा था। नरेंद्र अपने मधुर कंठ से एक भजन सुना रहा था कि नरेंद्र के घर से एक व्यक्ति ने आकर दुःख भरा समाचार दिया कि उनके पिता विश्वनाथ दत्तजी का आकस्मिक निधन हो गया। नरेंद्र के लिए यह समाचार वज्र के समान था। वे दौड़े-दौड़े घर पहुँचे तो वहाँ रोना-पीटना हो रहा था। माता, भाई-बहन और अन्य परिजन पिता के पार्थिव शरीर से लिपटकर रो रहे थे। नरेंद्र वैसे तो बहुत धैर्यवान थे, लेकिन पिता का पार्थिव शरीर देखकर उनकी आँखें छलक उठीं। इसके बाद उन्होंने स्वयं को संभाला और पिता का विधि-विधान से अंतिम संस्कार किया।

घर में बड़ा होने के कारण सारा दायित्व अब नरेंद्र के कंधों पर था। पहले पिता के समय कितनी निश्चितता और आजादी थी, पर अब पारिवारिक दायित्व उठाने का

समय आ गया था। यद्यपि कुछ मित्र आर्थिक सहयोग करने को भी तैयार थे, लेकिन नरेंद्र का स्वाभिमान सामने आ गया। घर में फाके हो रहे थे। छोटे भाई-बहन जब भूख से तड़पते तो नरेंद्र का कलेजा काँप उठता। उन्होंने नौकरी की तलाश की, पर कहीं नौकरी भी नहीं मिल पा रही थी। हताश-निराश नरेंद्र को अब एक ही आसरा था- अपने सद्‌गुरु का। विपत्ति में गुरु ही मार्गदर्शन करते हैं, यह सोचकर नरेंद्र ने निर्णय लिया कि अब समय निकालकर दक्षिणेश्वर जाना ही होगा।

नरेंद्र समय निकालकर दक्षिणेश्वर पहुँच गए। वहाँ एकांत में गुरु ने शिष्य की दर्द भरी व्यथा सुनी तो जाना कि पारिवारिक समस्याओं ने एक विशुद्ध साधक को दिग्भ्रमित कर दिया है। रामकृष्ण ने उन्हें बड़े प्रेम से समझाया। उस रात नरेंद्र को पिछले दिनों की तुलना में अधिक शांति का अनुभव हुआ। वे एक नई ऊर्जा के साथ अपने घर लौटे। गुरु के आशीर्वाद और अपने प्रयासों से उन्होंने समस्याओं को अधिक महत्त्व न देकर उनके हल खोजने प्रारंभ कर दिए। शीघ्र ही परिणाम भी अच्छे आने लगे। उनके घर के स्वामित्व का जो मुकदमा चल रहा था, उसकी पैरवी उन्होंने स्वयं की और तर्कों तथा साक्ष्यों के आधार पर विपक्ष के वकील की दलीलों की धज्जियाँ उड़ा दीं। न्यायाधीश ने निर्णय नरेंद्र के पक्ष में सुनाया। यह नरेंद्र को सत्य की जीत का प्रथम व्यावहारिक और व्यक्तिगत अनुभव हुआ।

मकान की समस्या समाप्त हो गई लेकिन भोजन की समस्या यथावत बनी हुई थी, पुनः गुरुदेव का स्मरण हो आया। आशा बंधी कि गुरु की कृपा से इस दिशा में भी अवश्य ही कोई उपाय निकलेगा। नरेंद्र दक्षिणेश्वर पहुँचे और गुरु चरणों में सिर झुकाकर आशीर्वाद प्राप्त किया, फिर बातें होने लगीं तो नरेंद्र के परिवार की आर्थिक समस्या की बात आई। नरेंद्र दु:खी स्वर में बोले- "अपनी बात हो तो देखा भी जाए। परिवार को भूखे देखकर स्वयं पर शर्म आती है कि मैं बड़ा होकर भी परिवार का भार नहीं उठा पा रहा हूँ।" इस पर गुरुदेव ने कहा कि जैसी माँ की इच्छा! तब नरेंद्र ने आशा से भरे स्वर में कहा- "मेरे परिवार को दो वक्त की रोटी चैन से मिल जाए, इसकी कोई व्यवस्था हो जाए तो मन को शांति मिले। आप अपनी माँ से ही इस विषय में कुछ अनुरोध कीजिए ना।"

रामकृष्ण ने आश्चर्य से नरेंद्र की ओर देखा और फिर गंभीर होकर कहा- "मैंने माँ से कभी कुछ नहीं माँगा। मैं तेरे लिए अनुरोध करूँ भी तो कैसे, तू तो माता को मानता

भी नहीं? एक अविश्वासी के लिए वे अनुरोध स्वीकार क्यों करने लगीं?" नरेंद्र मौन रहे क्योंकि वे निराकार का ही समर्थन करते थे। साकार में उनका विश्वास नहीं था। गुरु भी दुविधा में थे क्योंकि शिष्य ने पहली बार कुछ माँगा था, वह भी अपने लिए नहीं, बल्कि परिवार के लिए। सहायता तो करनी ही चाहिए।

अंततः रामकृष्ण ने एक मार्ग खोज निकाला और कहा- "नरेंद्र! एक काम कर! आज मंगलवार है। आज तू माँ काली की शरण में जा और विनयपूर्वक जो चाहे माँग ले। मेरा विश्वास है कि आज माता तेरी हर इच्छा पूरी करेंगी।" नरेंद्र को संतुष्टि नहीं मिली क्योंकि प्रस्तर-प्रतिमा में उनका विश्वास नहीं था, किंतु आज गुरु की परीक्षा का ऐसा अवसर मिला था कि भविष्य में गुरु के द्वारा 'माता-माता' का प्रलाप तो सुनने को नहीं मिलेगा। कुछ सोचकर उस रात्रि के दूसरे प्रहर में नरेंद्र काली माता के मंदिर की ओर बढ़ गए। मंदिर के अंदर जाकर उन्होंने मूर्ति की ओर देखा तो उसकी आँखों से अलौकिक रश्मियाँ-सी निकलकर उनके नेत्रों से टकराईं। वे भूल गए कि गुरु श्रीरामकृष्ण परमहंस के आग्रह पर वे वहाँ परिवार के लिए धन-संपदा माँगने आए हैं।

एकाएक नरेंद्र के मुख से कुछ और ही निकला- "हे माँ! मुझे शक्ति दो! ज्ञान दो! वैराग्य दो! विवेक दो!" माता से अरदास लगाने के बाद नरेंद्र बाहर गुरुदेव के पास आए। परमहंस ने मुस्कराकर पूछा कि क्या माँगा, तो नरेंद्र ने सब सच बता दिया। परमहंस ने माथे पर हाथ मारकर कहा- "अरे! इन चीजों को परिवार खाएगा क्या? द्रव्य माँग, सोना, चाँदी, हीरे, जवाहरात माँग। फिर से जा-गलती सुधार।" नरेंद्र तीन बार गए, लेकिन एक बार भी उनके मुख से धन संबंधी माँग नहीं निकली। हर बार विवेक, वैराग्य, ज्ञान और भक्ति की ही माँग की। नरेंद्र स्वयं चकित थे कि माँ के सामने उन्हें क्या हो जाता है। तब रामकृष्ण गंभीर भाव से बोले- "तेरे भाग्य में सांसारिक सुख ही नहीं है नरेंद्र! तेरे हृदय में इनके लिए स्थान नहीं है। जा, माँ की कृपा से तेरे परिवार को भोजन और वस्त्र की कभी कमी नहीं होगी।"

माँ काली की असीम कृपा और गुरु के आशीर्वाद से नरेंद्रनाथ को अटॉर्नी ऑफिस में नौकरी मिल गई। इसके साथ ही कुछ पुस्तकों का अनुवाद कार्य भी उन्हें मिल गया। इससे भूख की समस्या का काफ़ी हद तक समाधान हो गया। अब माँ काली के प्रति नरेंद्र की श्रद्धा भी बढ़ गई।

मई 1884 ई. में नरेंद्र को ईश्वरचंद्र विद्यासागर के मेट्रोपोलेटिन स्कूल में प्रधानाध्यापक के पद पर नियुक्त किया गया। अब नरेंद्र नौकरी करते और वेतन घर पहुँचाकर दक्षिणेश्वर आश्रम में ही रहते। जरूरत पड़ने पर वे घर आ जाते थे। आश्रम में गुरुदेव उन्हें ज्ञान-विज्ञान के विविध रहस्यों से परिचित कराते थे। सहज भाषा और सरल उदाहरणों से जनकल्याण के लिए धर्म के उपयोग की विधियाँ बताते थे। गुरुदेव का एक महामंत्र नरेंद्रनाथ ने स्वयं में समाहित कर लिया था। भावावस्था में एक बार परमहंस ने कहा था- **'जीव पर दया नहीं, बल्कि शिवज्ञान से जीव की सेवा करो।'**

नरेंद्र गुरु की सेवा के साथ-साथ अपने आध्यात्मिक विकास में लगे रहे। वे कठोर इंद्रिय-निग्रह के द्वारा सत्य को प्राप्त करने के प्रयास में लगे रहे। रामकृष्ण अपने शिष्य के इन कठोर प्रयासों से बड़े प्रसन्न हुए और एक दिन उन्होंने नरेंद्र को अपने पास बुलाया- "नरेन! जब मैंने साधना की थी तो मुझे माता की कृपा से अष्ट सिद्धियाँ प्राप्त हुई थीं। मैं आज तक उनका कोई उपयोग नहीं कर सका। मैं चाहता हूँ कि तू इन सिद्धियों को ले ले। भविष्य में ये तेरे बहुत काम आएँगी।"

नरेंद्र ने गुरुदेव से प्रश्न किया- "गुरुदेव, क्या इन सिद्धियों से मुझे ईश्वर-प्राप्ति में कोई सहायता मिलेगी?" तब गुरुदेव एकटक देखते हुए बोले- "नहीं, ऐसा तो नहीं होगा, परंतु इनसे तुम्हारी इस लोक में सभी इच्छाएँ पूर्ण हो जाएँगी।" यह सुनकर नरेंद्र ने सहज भाव से कहा- "नहीं महाराज, मैं ऐसी सिद्धियों का क्या करूँगा?" रामकृष्ण मन-ही-मन बड़े प्रसन्न हुए। उस अद्भुत शिष्य से उन्हें यही उम्मीद थी।

उधर रामकृष्ण परमहंस का रोग निरंतर बढ़ता जा रहा था, परंतु शिष्यों को उपदेश देना जारी रखा। एक दिन नरेंद्रनाथ ने गुरु के समक्ष अपनी चिर-संचित इच्छा प्रकट कर दी- "महाराज, मेरी इच्छा है कि मैं लंबी अवधि की समाधि में अभ्यस्त हो जाऊँ और यदा-कदा भोजन के लिए ही उठूँ।" गुरुदेव ने सहज भाव से कहा- "यह साधारण अवस्था है। तुझे इससे भी ऊँची अवस्था प्राप्त करनी है। तू अपने परिवार की उचित व्यवस्था करके आ, तब देखते हैं।" नरेंद्र ने सिर झुकाकर धीरे से फिर अपना मंतव्य प्रकट किया- "फिलहाल तीन-चार दिन की समाधि ही पर्याप्त होगी।" रामकृष्ण ने अब दृढ़ होकर कहा- "मूर्ख मत बन। तू केवल अपनी मुक्ति का साधन चाहता है,

जबकि तुझे तो करोड़ों का मुक्तिदाता बनना है। छोटे तालाब के समान व्यवहार न कर, क्योंकि तू तो महानद है। अपने लक्ष्य को संकुचित मत कर।"

अब नरेंद्र को अपनी भूल पर पछतावा हुआ और वे गुरु के मार्गदर्शन में अध्यात्म के उस उच्च स्तर को प्राप्त करने की कोशिश करने लगे, जिसका आदेश गुरु ने दिया था। इसके लिए वे दक्षिणेश्वर जाकर रात-रात भर साधना में लगे रहते। वहाँ उन्हें कुंडलिनी जागरण के साथ कुछ अन्य आध्यात्मिक अनुभूतियों की प्राप्ति हुई।

गुरुदेव ने प्रसन्न होकर कहा- "शिष्यो! इस संसार में मेरा आना सार्थक हुआ। मैं उस लक्ष्य को प्राप्त कर चुका, जिस हेतु मुझे मानव काया मिली थी। अब शेष कार्य तुम संपन्न करो, ऐसी मेरी इच्छा और विश्वास है। इसके लिए तुम्हें नेतृत्व और मार्गदर्शन की आवश्यकता होगी। यह दायित्व मैं नरेन को सौंपता हूँ।" रामकृष्ण परमहंस ने उन सबको एकजुट करने के उद्देश्य से 'रामकृष्ण संघ' की नींव रख दी। यह संघ गुरु के आदेशानुसार जनकल्याण का मार्ग प्रशस्त करने लगा। काशीपुर का उद्यान एक छोटी विद्यापीठ के रूप में विकसित होने लगा। 15 अगस्त, 1886 ई. को गुरुदेव रामकृष्ण परमहंस महासमाधि में लीन हो गए।

स्वामी विवेकानन्द बन चुके नरेंद्रनाथ के कुशल नेतृत्व में उनका संन्यासी दल धीरे-धीरे अपने लक्ष्य की ओर बढ़ रहा था। जनवरी 1891 ई. में स्वामी जी ने अकेले ही दिल्ली की ओर प्रस्थान किया। दिल्ली की वास्तुकला और खंडहर बन चुके किले तथा मकबरों ने उन्हें भौतिक भंगुरता का बोध कराया। संसार में चिरकाल तक नहीं रहना, इसलिए समय का सदुपयोग कर लिया जाए। वे अब ठहरने के इच्छुक नहीं थे। उन्होंने वेदांत की ध्वनि से लोगों को जाग्रत करते हुए आगे बढ़ते रहने का दृढ़ निश्चय किया। अब वे दिल्ली से उस वीर भूमि की ओर चल पड़े, जहाँ का इतिहास शौर्य और जौहर के अप्रतिम लेखों से भरा पड़ा था। आर्यों के इतिहास में यदि गर्व करने योग्य कुछ शेष रहा था तो वह राजपूताना ही था।

स्वामी जी अलवर पहुँचे तो वहाँ एक सज्जन डॉक्टर गुरुचरण लास्कर ने बड़े श्रद्धा-भाव से उनकी रहने खाने की अच्छी व्यवस्था कर दी।

यहाँ से स्वामी जी अजमेर पहुँचे और वहाँ कुछ दिन रहकर माउंट आबू आ गए। यहाँ उन्होंने एक गुफा में निवास किया, जो उनके तप, ध्यान के लिए उपयुक्त स्थान

था। उनके वहाँ रहने का समाचार जब माउंट आबू के एक प्रसिद्ध मुस्लिम वकील को मिला तो वह उनके पास पहुँचा और उनसे अपना आतिथ्य स्वीकार करने का अनुरोध किया। स्वामी जी ने उनका आतिथ्य स्वीकार किया और उसके साथ रहने आ गए। वकील साहब ने काफी अच्छी व्यवस्था की थी।

तदुपरांत स्वामी जी ने राजपूताने की पवित्र मिट्टी को मस्तक से लगाया और वहाँ से गुजरात की ओर बढ़ चले। अहमदाबाद और वर्द्धवान घूमते हुए वे लिंबड़ी पहुँचे जो कपास का बहुत बड़ा केंद्र था। कुछ दिन लिंबड़ी के राजभवन में धर्मोपदेश देने के बाद स्वामी जी पोरबंदर पहुँचे। वहाँ के दीवान शंकर पांडुरंग उनके अतिथेय बने, जो वेदशास्त्री थे। वहाँ स्वामी जी ने संस्कृत अनुवाद में उनकी सहायता की और एक बहुभाषिए के द्वारा फ्रेंच भाषा भी सीख ली। यहीं स्वामी जी के उद्देश्य को नए पंख लगे, जब शंकर पांडुरंग ने उनके लक्ष्य को समझा- "स्वामी जी! नक्कारखाने में तूती की आवाज कौन सुनता है? यहाँ तो ज्ञान का सम्मान करने वाले उँगलियों पर गिने जा सकते हैं। आप यहाँ अधिक काम नहीं कर पाएँगे। आप पश्चिमी देशों में जाकर भारतीय दर्शन और ज्ञान का प्रचार करें तो अधिक प्रभावी होगा। आप जिन रूढ़ियों को ध्वस्त कर रहे हैं, वे पश्चिम में स्वीकार्य होंगी। भारत के प्राचीन गौरव को पुनः जाग्रत करना है तो उसका शुभारंभ पश्चिमी देशों से हो।"

स्वामी जी को इस राय ने गंभीर कर दिया। उन्हें अपने गुरु श्रीरामकृष्ण देव की एक बात याद आई- "नरेन! मैंने तुझे विश्व भर में आध्यात्मिक क्रांति करने की शक्ति दी है।" गुरुदेव का आशय और दीवान पांडुरंग का परामर्श समान तो थे। उनका इस बारे में चिंतन आरंभ हो गया। इसे संयोग कहें या दैवीय अनुग्रह कि गुजरात प्रवास में ही स्वामी जी को अमेरिका से शिकागो में आयोजित होने वाले पहले विश्व-धर्म सम्मेलन की जानकारी हुई। यह सितंबर 1893 ई. में होना था। अभी उसमें साल-डेढ़ साल का समय था और उसकी तैयारी की जा सकती थी।

तदुपरांत भ्रमण करते हुए स्वामी जी गोवा पहुँचे। वहाँ का प्रवास स्वामी जी को बहुत ही संतोषजनक लगा, क्योंकि यहाँ उन्होंने ईसाई धर्म के बारे में काफी सूक्ष्म जानकारी प्राप्त की। मडगाँव के विद्वान श्री एस. नाइक संस्कृत और हिंदू संस्कृति तथा धर्म के प्रकांड ज्ञाता थे। स्वामी जी को पता चला था कि मूल लैटिन भाषा में ईसाई

धर्म की पुस्तकें तथा पांडुलिपियाँ भारत में अन्यत्र उपलब्ध नहीं हैं, लेकिन श्री नाइक के माध्यम से उनका अध्ययन किया जा सकता है।

स्वामी जी अपने यात्रा-पथ को संक्षिप्त करते हुए एर्नाकुलम पहुँचे। वहाँ वे कुछ साधक विद्वानों की संगत करके त्रिवेंद्रम आ गए और प्रोफेसर सुंदरम अय्यर के पास ठहरे। वहाँ उन्हें त्रावणकोर के राजमहल जाने का सुअवसर मिला।

स्वामी जी इस प्रश्न का उत्तर ढूँढ़ने निकले थे कि कैसे आहत भारत का पुनः उद्धार होगा! कैसे उसका गौरव फिर से प्राप्त होगा! उत्तर भी मिल गया था कि केवल सत्य, सदाचार की धर्म-नीति की स्थापना ही इस दारुण दशा को परिवर्तित कर सकती थी। विशुद्ध सत्य-सनातन धर्म की पुनर्स्थापना करनी होगी। यही तो गीता में भगवान श्रीकृष्ण ने कहा था- 'यदा यदा हि धर्मस्य....।' आज देश को उसी की जरूरत है। सारा शोषित, पीड़ित और दलित वर्ग इस बात को स्वीकार भी करता है, लेकिन उसे तो 'अवतार' की इच्छा है। वे तो ईश्वर के अवतरित होने की प्रार्थना कर रहे हैं। **ईश्वर अवतरित नहीं होता अपितु वह तो हर क्षण विद्यमान रहता है, प्रत्येक मनुष्य में अपनी संपूर्ण शक्तियों के साथ!** कोई या सब अपनी उस शक्ति को पहचानें तो सही! गुरुदेव रामकृष्ण परमहंस ने कहा था कि ईश्वर ही मानव बनता है, क्योंकि फिर मानव ही ईश्वर बनता है। धर्म की रक्षा जीवन का कर्तव्य है और जीवन की सरसता धर्म का स्वभाव! **जो मानव में ईश्वर का दर्शन करता है, वही सत्य-धर्म का सच्चा पुजारी होता है।** सत्य-धर्म की स्थापना के लिए पुनर्जागरण का महाघोष करना ही होगा।

कन्याकुमारी के समुद्र तट पर खड़े स्वामी जी अथाह जलराशि में उन्नत रूप से उभरे हुए दो शिलाखंडों को अपलक निहारते हुए राष्ट्रचिंतन कर रहे थे। इन दोनों शिलाखंडों में जो दूर स्थित था, उसके संदर्भ में पुराणों में लिखा था कि उस पर खड़े होकर देवकन्या ने महादेव को पति रूप में पाने हेतु भीषण तप किया था। स्वामी जी उसी शाक्त स्थल पर जाकर जगत्माता की कृपा प्राप्त करने के अभिलाषी थे। समुद्र अपने भीषण गर्जन के साथ रौद्र रूप में जलभीत बनाकर जैसे उन्हें चेतावनी दे रहा था, किंतु स्वामी जी के मस्तिष्क में तो विचारों की उथल-पुथल चल रही थी।

समुद्र तट पर खड़े स्वामी जी के कानों में गुरुदेव के शब्द गूँज रहे थे- "नरेन! अब तुम्हें कभी भी निर्विकल्प समाधि की अनुभूति नहीं करने दूँगा। तुम्हें सिद्ध पुरुष नहीं

बनना है, क्योंकि वह केवल स्वार्थ है। तुम्हें महान कार्य करना है। तुम्हें परमार्थ के मार्ग पर चलकर राष्ट्र में ज्ञान का प्रकाश आलोकित करना है। मैं तुम्हें मुक्त होने की राह पर नहीं, बल्कि सबको मुक्त कराने के पावन पथ पर विजयी होते देखना चाहता हूँ। **तुम्हारा जीवन तुम्हारा नहीं, वरन् सामाजिक धरोहर है।"**

गुरुदेव के इन शब्दों ने स्वामी जी को सदा ही प्रेरित और ऊर्जावान किया था और आज तो जैसे उनके निश्चय में प्रस्तर भरता जा रहा था। समुद्र की उत्ताल तरंगें जो पहले बाधा के रूप में दिख रही थीं, अब आमंत्रण देती प्रतीत हो रही थीं। स्वामी जी स्वयं की परीक्षा करने का निश्चय कर चुके थे और उन्होंने समुद्र में छलाँग लगा दी। स्वामी जी तैरकर उस शाक्त शिलाखंड पर पहुँच गए थे। उसे नमन करने के बाद एक बार चारों ओर फैले नीले जल-विस्तार को देखा, फिर वे पालथी मारकर ध्यान मुद्रा में बैठ गए। उन्हें ऐसा लग रहा था, जैसे शक्ति ने उन्हें स्वीकार कर लिया था। वैचारिक साक्षात्कार का यह भव्य अवसर था-

"मैंने संन्यास-धर्म के पथ पर आकर स्वयं को ईश्वर के प्रति समर्पित कर दिया है। अब मुझे उसी के अनुसार आगे बढ़ना है। सबसे पहले भारतवासियों और संसार-भर के मानवों की सेवा करनी है। मानव सेवा को संसार का सर्वव्यापी धर्म बनाना है और भारतवर्ष के पुनर्जागरण के लिए आखिरी साँस तक जूझते रहना है। राष्ट्र-रक्षा के लिए एक चरित्रसंपन्न, दृढ़ निश्चयी और भय से मुक्त सेना का निर्माण करना है। इसके लिए स्वार्थी, लालची और पाखंडियों को समाज से उखाड़ फेंककर पीड़ितों और शोषितों का सेवा करने वालों का विशाल दल बनाना होगा। मानव सेवा में समर्पित पीढ़ी का निर्माण करना होगा।"

स्वामी जी की वैचारिक अवस्था में 'क्या करना है' तो स्पष्ट हो गया था। लेकिन अब 'कैसे करना है' इस विषय पर वे विचारशील थे- "यह एक महान कर्म है। इसके लिए केवल प्रवचन, भाषण और व्याख्यान ही पर्याप्त नहीं होंगे। धन की भी जरूरत होगी। कैसे? क्या भारतीय धनिकों में इतनी भी उदारता शेष नहीं रही? हाँ, नहीं रही, अन्यथा देश में ऐसा दारिद्र्य न होता। विलासी और भोगी भारतीय धनिक तो स्वयं अकिंचन भिक्षु हैं और भूल से किए गए दान का भी गुणित प्रतिफल माँगते हैं। उनसे क्या आशा करनी!

अमेरिका! समृद्ध, विज्ञानयुक्त और उदारता का पोषक। शोषण और पीड़ा के दौर से गुजरकर अमेरिका ने स्वयं को सिद्ध कर दिया था। जाति-वर्ग, संप्रदाय जैसे जहरीले कंटकों से मुक्त अमेरिका! अमेरिका से आर्थिक भिक्षा नहीं माँगनी। माँगना तो हमारा स्वभाव ही नहीं है। हम तो दाता हैं। विनिमय की पद्धति से परस्पर सहायता-भाव के संबंध स्थापित करने होंगे। पहले अमेरिका को प्राचीन भारतीय संस्कृति का ज्ञान देना होगा, फिर वहाँ से विज्ञान और तकनीक भारत में लानी होगी। यही तो उन्नति के अंतर्राष्ट्रीय विनिमय का नियम है। यही करना होगा।"

यही स्वामी जी का अंतिम निर्णय था। 24 से 26 दिसंबर, जिसमें प्रभु यीशु का जन्मदिन भी था, इन तीन दिन के अखंड चिंतन का अंतिम निश्चय! शाक्त शिलाखंड पर वैचारिक साक्षात्कार से ऊर्जावान होकर स्वामी जी तैरते हुए वापस किनारे पर आ गए। अब कन्याकुमारी से वे रामेश्वरम की ओर चल पड़े। मदुरै और रामनद में पड़ाव करके उन्होंने रामेश्वरम में अपनी परिव्राजक यात्रा की समाप्ति की। यद्यपि यह भी पड़ाव ही था, क्योंकि यथार्थ यात्रा तो अब करनी थी।

शारदा माँ की आज्ञा मिलते ही स्वामी जी प्रसन्नता से भर उठे और यह शुभ समाचार उन्होंने अपने शिष्यों को दिया तो वे भी बहुत प्रसन्न हुए। अब वह समय आ गया था, जब विश्व-मंच पर भारतीय दर्शन का शंख फूँकने के लिए वह तेजस्वी संन्यासी प्रस्थान करने वाला था। शिष्यमंडली ने इस बार चार हजार रुपये चंदा इकट्ठा किया था। स्वामी जी अमेरिका पूरी तैयारी के साथ जाना चाहते थे।

उन्हीं दिनों खेतड़ी के दीवान जगमोहन लाल मद्रास आए और स्वामी जी को महाराज का संदेश दिया। राजा को पुत्र-रत्न की प्राप्ति हुई थी और उसे आशीर्वाद देने के लिए उन्होंने स्वामी जी को सादर निमंत्रित किया था। स्वामी जी ने निमंत्रण स्वीकार किया और दीवान साहब के साथ चले आए। खेतड़ी में महाराज अजीत सिंह ने उनका भव्य स्वागत किया। नवजात राजकुमार को आशीर्वाद देकर स्वामी जी ने वहाँ कुछ समय व्यतीत किया। यहीं पर राजा अजीत सिंह ने उन्हें एक नया नाम दिया- **स्वामी विवेकानन्द**।

खेतड़ी के महाराज ने अपने दीवान जगमोहन लाल को काफी धन देकर स्वामी जी के साथ बंबई भेज दिया। महाराज खुद उनके साथ जयपुर तक आए थे। दीवान साहब

ने काफी प्रार्थना करके स्वामी जी को रेशमी वस्त्र दिए। जहाज का टिकट भी खरीदकर दिया जो जापान जाने वाला था और वहाँ से अमेरिका के लिए दूसरा जहाज लेना था। उसके टिकट की व्यवस्था भी दीवानजी ने एक ट्रेवल कंपनी के माध्यम से कर दी थी।

शिकागो विश्व-धर्म सम्मेलन में शामिल होने के लिए प्रस्थान करते समय स्वामी जी का व्यक्तित्व बड़ा ही आकर्षक लग रहा था। रेशमी वस्त्रों और साफे से वे किसी रियासत के राजकुमार प्रतीत हो रहे थे। समुद्र तट पर अनेक लोग उस भव्य संन्यासी को अपलक देख रहे थे। दिव्य तेज और कांति से युक्त मुखमंडल को देखकर जहाज के यात्री भी स्वयं को धन्य मान रहे थे कि वह तेजस्वी संन्यासी उनका सहयात्री होगा।

31 मई, 1893 ई. को बंबई बंदरगाह से भारतीय वेदांत की ध्वजा लेकर स्वामी विवेकानन्द करोड़ों भारतीयों की उम्मीदों के साथ पेनिन्सुलर स्टीमर में चढ़े तो उनके शुभचिंतकों और शिष्यों ने हर्षध्वनि के साथ उन्हें विदाई दी। ठीक समय पर जहाज ने बंदरगाह छोड़ दिया और वह तट से दूर होता गया। स्वामी जी तट की ओर हाथ हिलाते रहे, जब तक कि सब कुछ उनकी आँखों से ओझल न हो गया।

शिकागो पहुँचकर स्वामी जी ने सर्वप्रथम 'विश्व-धर्म सम्मेलन' के विषय में जानकारी ली तो पता चला कि वह ग्यारह सितंबर को होने वाला था। उसमें अभी लगभग दो महीने का समय था। अब आ ही गए थे तो दो महीने घूम-फिरकर अमेरिका और अमेरिकन लोगों के बारे में जानकारी प्राप्त करने का यह सुनहरा मौका था, लेकिन स्वामी जी बाजार के विषय में निपुण नहीं थे। जल्द ही उन्हें पता चल गया कि उनके पास जो पैसा है, वह तेजी से खर्च होता जा रहा है। मितव्ययी तो थे, लेकिन उन लोगों का क्या करते, जो एक संन्यासी को भी ठगने से चूकते न थे। वहाँ किसी ने उन्हें बताया कि शिकागो महँगा शहर है, जबकि बोस्टन में रहना सस्ता और सरल है। अतः भली प्रकार विचारकर वे वहाँ से 15 अगस्त को बोस्टन जाने वाली गाड़ी में सवार हो गए। इसी गाड़ी में उनका परिचय मिस कैथरीन सेनबोर्न से हुआ, जो एक वृद्ध महिला थीं। स्वामी जी से बात करके बहुत प्रभावित हुईं और उन्हें अनुरोध कर अपने घर ले गईं।

स्वामी जी के सामने एक विकराल समस्या खड़ी हो गई थी जिसने उन्हें अत्यधिक चिंतित कर दिया था। यह समस्या थी कि विश्व-धर्म सम्मेलन में वक्ता के रूप में एक

वर्ष पहले से ही सभी देशों और धर्मों के प्रतिनिधियों की प्रवेशिका बनाई जा चुकी थी जिसकी सूची भी तैयार हो गई थी। उस सूची में विवेकानन्द या विदिशानंद के नाम से किसी भारतीय प्रतिनिधि का उल्लेख नहीं था।

समस्या सुनकर मिस्टर राइट बोले- "स्वामी जी, आप निश्चिंत रहें, आप सम्मेलन में अवश्य भाग लेंगे।" मिस्टर राइट का यह संवाद सुनकर स्वामी जी को प्रसन्नता की अनुभूति हुई। मिस्टर राइट ने तत्काल अपने एक मित्र मिस्टर बैरोन, जो सम्मेलन के मुख्य स्तंभ थे, के नाम एक पत्र लिख दिया और अलग कागज पर उनका पता लिखकर स्वामी जी को दे दिया। मिस्टर राइट ने ही स्वामी जी को शिकागो तक का टिकट खरीदकर दिया और काफी आग्रह करके कुछ पैसे भी दिए।

स्वामी जी प्रसन्न मन से मेसाच्यूसैट्स से चले और अन्य अमेरिकी नगरों का भ्रमण करते हुए 9 सितंबर, 1893 ई. को शिकागो पहुँच गए। सम्मेलन में अभी दो दिन का समय था। स्वामी जी जल्दी ही मिस्टर बैरोन से मिलकर सुनिश्चित कर लेना चाहते थे कि वे धर्म-सम्मेलन में भाग ले रहे हैं। उन्होंने मिस्टर बैरोन के पते वाला कागज निकालने के लिए जैसे ही जेब में हाथ डाला तो सन्न रह गए। कागज भी कहीं गुम हो गया था। दुर्भाग्य पीछा नहीं छोड़ रहा था।

उसी रास्ते पर एक छोटा-सा बंगला था जिसके टैरेस पर खड़ी एक अमेरिकन महिला बहुत देर से स्वामी जी की गतिविधियों को देख रही थीं। सुबह से दोपहर होने पर वे शायद थोड़ा-बहुत समझ गई थीं कि वह कोई मसखरा या विक्षिप्त नहीं था। अतः वे अपने बंगले से बाहर आईं और स्वामी जी के समीप आकर रुक गईं। उस मुखमंडल के तेज ने उन्हें प्रभावित किया और उन्होंने स्वामी जी से आदर सहित परिचय प्राप्त किया और उनकी समस्या जानी, तब जाकर स्वामी जी को ज्ञात हुआ कि उस इलाके में मिस्टर बैरोन का नाम उन्होंने भी नहीं सुना था तो अन्य कोई क्या बता पाता!

उन सहृदय महिला का नाम श्रीमती जॉर्ज डब्ल्यू. हेल था, जो अपने पति और बच्चों के साथ सामने वाले बंगले में रहती थीं। वे स्वामी जी को सम्मान सहित अपने घर ले गईं। वहीं उन्हें स्नान कराकर भोजन कराया, तब तक मिस्टर हेल भी आ गए थे। वे भी स्वामी जी से मिलकर बहुत प्रसन्न हुए। जब स्वामी जी ने अपनी समस्या

बताई तो मिस्टर हेल गंभीर हो गए, फिर वे मुस्कराए- "आप निश्चित ही कल धर्मसभा में बोलने वाले हैं। कृपया मेरे साथ आएँ।"

हेल दंपति उन्हें अपनी गाड़ी में लेकर चल पड़े। निराशा के बादलों के मध्य आशा की एक किरण पुनः झलकी। कहा भी गया है- जहाँ चाह वहाँ राह। विश्व-धर्म सम्मेलन के अध्यक्ष डॉक्टर जे.एच.बैरोन हेल दंपती के परिचित और मित्र थे। जब वे मिस्टर बैरोन से मिले और उनसे बातचीत की तो मिस्टर बैरोन ने टेलीफोन पर मिस्टर राइट से बात की और संतुष्ट हो गए। उन्होंने विवेकानन्द को भारत के हिंदू धर्म के प्रतिनिधि के रूप में स्वीकृति दे दी, साथ ही प्रतिनिधि निवास में पूर्वी धर्मगुरुओं के विभाग में उनके ठहरने की समुचित व्यवस्था कर दी।

11 सितंबर, 1893 ई. का स्वर्णिम दिन आ गया और शिकागो में स्वामी विवेकानन्द के व्याख्यान के मात्र पाँच शब्दों- "सिस्टर्स एंड ब्रदर्स ऑफ अमेरिका" ने इतिहास रच डाला। अमेरिका में लगभग दो वर्ष रहकर स्वामी जी इंग्लैंड चले गए और अपनी वाणी से वहाँ के लोगों को चकित कर दिया। नवंबर, 1895 में स्वामी जी पुनः अमेरिका आ गए। दिसंबर, 1898 ई. को वे भारत लौट आए।

2 जनवरी, 1899 ई. को मठ में रहना शुरू कर दिया गया। 14 जनवरी को मकर संक्रांति के अवसर पर स्वामी जी द्वारा 'उद्बोधन' नामक बंगाली पत्रिका का प्रकाशन शुरू कर दिया गया। इसके अलावा उन्होंने हिमालय के अंचल में समुद्र तल से साढ़े छह हजार फीट की ऊँचाई पर स्थित मायावती नामक स्थान पर एक अद्वैत आश्रम के निर्माण का कार्य भी आरंभ कराया, जो कैप्टन सेवियर ने अपने हाथ में लिया।

20 जून, 1899 ई. को स्वामी जी निवेदिता और स्वामी तुरियानंद को साथ लेकर पुनः विदेश यात्रा पर निकल पड़े। बयालीस दिन की यात्रा के बाद स्वामी जी लंदन के टिबलरी बंदरगाह पर पहुँचे तो उन्हें यह देखकर बड़ा धक्का लगा कि उनके बहुत-से प्रिय शिष्य उनके स्वागत में नहीं पहुँचे थे। कारण जानकर तो उन्हें और भी गहरा सदमा लगा। उनके कई प्रिय शिष्य उनसे विमुख हो गए थे। सबके अपने अलग-अलग कारण थे।

स्वामी जी इन सब झंझटों से दूर होकर 24 अक्टूबर, 1900 ई. को अपने मित्रों और शिष्यों के साथ यूरोप यात्रा पर निकल पड़े। इस यात्रा में स्वामी जी को पश्चिम का एक नया ही रूप देखने को मिला। पहली यात्रा में जहाँ समृद्धि, लोकतंत्र और न्यायप्रियता दिखी थी, वह अब भंग होती दिखाई दी। धन-बल में उभार हो रहा था और इससे वैयक्तिक शासन की प्रवृत्ति बढ़ रही थी। चारों ओर एक नए विस्तारवाद की प्रतिस्पर्द्धा थी। पूरा यूरोप शक्तिवर्द्धन के मामले में सैन्य छावनी में परिवर्तित हो रहा था। ये शुभ संकेत नहीं थे। स्पष्ट रूप से यह भविष्य के रक्तयुद्धों की तैयारी थी। इन सबसे स्वामी जी का हृदय व्यथित हो गया। अब उन्हें महसूस हो रहा था कि उनके मानवता के संदेश को यूरोप और पश्चिम के देशों ने क्षणिक गंभीरता से लिया था। वे अभी भी अपनी प्रवृत्ति पर अटल थे।

पूर्वी यूरोप की यात्रा में ही स्वामी जी को एकाएक अनुभूति हुई कि भारत में उनका प्रिय शिष्य और सचिव गुडविन मरणासन्न स्थिति में पहुँच गया है। अतः वे भारत लौटने के लिए आतुर हो उठें। 26 नवंबर, 1900 ई. को स्वामी जी ने इटेलियन जहाज से भारत की ओर प्रस्थान किया। भारत में मायावती स्थित अद्वैत आश्रम में अचानक पहुँचकर उन्होंने सबको चकित कर दिया।

कैप्टन सेवियर हिमालय की दुर्गम ऊँचाई में अद्वैत आश्रम स्थापित करने की स्वामी जी की इच्छा को पूर्ण करने की जिम्मेदारी लिए थे। स्वामी जी ने दु:खी मन से माता श्रीमती सेवियर से भेंट की। उनसे पता चला कि मूत्रव्याधि से ग्रस्त स्वामी जी के प्रिय शिष्य कैप्टन सेवियर ने देहत्याग किया था। स्वामी जी ने उस गुरुभक्त को प्रणाम किया। स्वामी जी दु:खी हृदय लिए मायावती से लौटें और रेल द्वारा काठगोदाम तक ही पहुँचे थे कि एक और आघात ने उनका हृदय टुकड़े-टुकड़े कर दिया। स्टेशन से समाचार-पत्र लिया तो मुखपृष्ठ पर ही सूचना थी 'खेतड़ी के महाराज अजीत सिंह का देहावसान।'

29 जून को भगिनी निवेदिता स्वामी जी को अत्यंत रुग्णावस्था में देखकर मठ में ही रहीं। स्वामी जी की दशा दोपहर तक तो फिर भी ठीक ही थी, लेकिन इसके बाद तबियत अधिक बिगड़ती चली गई। निवेदिता रोने लगी तो स्वामी जी ने सिर पर हाथ फेरकर उन्हें आशीर्वाद दिया। उसके बाद गंभीर और क्षीण स्वर में बोलें- "अब प्रस्थान का समय आ गया है।"

अगले दिन भी स्वामी जी की स्थिति में वही उतार-चढ़ाव दिखाई दिया। उनके पैरों में सूजन आ गई थी, फिर भी पहली जुलाई को वे प्रेमानंद के साथ बगीचे में थोड़ा-बहुत टहलते रहें। वहीं उन्होंने एक स्थान की ओर संकेत करके प्रेमानंद को अपनी इच्छा बताई- "मेरी मृत्यु के पश्चात् मेरा दाह-संस्कार इस स्थान पर कीजिएगा।"

अंततः 4 जुलाई, 1902 ई. को रात के नौ बजे स्वामी जी बिस्तर पर लेट गए। जयमाला अभी भी उनके हाथ में थी। सेवक सिरहाने खड़ा पंखा झल रहा था। कुछ क्षण बाद उनके हाथ में कंपन हुआ, फिर उन्होंने लंबी साँस ली। दो मिनट बाद फिर वही क्रिया हुई और उनकी दृष्टि भ्रूमध्य में स्थित हो गई, उनका चेहरा दिव्यता से चमक रहा था। पहले मुख पर और फिर संपूर्ण शरीर पर महाशांति ने अपना साम्राज्य स्थापित कर लिया। संन्यास पथ के इतिहास के सर्वाधिक विद्वान मनीषी, ज्ञान-गर्जना के धनी, भारत-पुत्र महासंन्यासी विश्वगुरु विवेकानन्द ने नौ बजकर दस मिनट पर बैकुंठ की ओर प्रस्थान किया।

2
योग के अनुसार ध्यान

ध्यान क्या है?

'सांख्य-प्रवचन-सूत्र' से उद्धृत अंश

'सांख्य-प्रवचन-सूत्र' के तीसरे अध्याय के 30वें सूत्र में कहा गया है- **'रागोपहतिर्ध्यानम्'** अर्थात् आसक्ति के नाश को ध्यान कहते हैं। ध्यान का लाभ बताते हुए 29वें सूत्र में कहा गया है- **'भावनोपचयात् शुद्धस्य सर्वं प्रकृतिवत्'** अर्थात् गंभीर ध्यान के बल से शुद्धस्वरूप पुरुष के पास प्रकृति की सारी शक्तियाँ आ जाती हैं। ध्यान की सिद्धि के विषय में 31वें सूत्र में कहा गया है- **'वृत्तिनिरोधात् तत्सिद्धिः'** अर्थात् ध्यान की सिद्धि समस्त वृत्तियों के निरोध से होती है।

18 अप्रैल, 1900 ई. को अलामेडा, कैलिफोर्निया में स्वामी जी द्वारा दिए गए भाषण 'धर्म की साधना-1' से उद्धृत अंश

ध्यान वह बल है, जो हमें प्रकृति के प्रति हमारी दासता का प्रतिरोध करने की सामर्थ्य देता है। प्रकृति हमसे कह सकती है- "देखो, वहाँ एक सुंदर वस्तु है।" मैं नहीं देखता। अब वह कहती है- "यह गंध सुहावनी है, इसे सूँघो।" मैं अपनी नाक से कहता हूँ- "इसे मत सूँघ।" और नाक नहीं सूँघती। "आँखों, देखो मत!" प्रकृति एक भयंकर बात करती है कि मेरे एक बच्चे को मार डालती है और कहती है-"अब, बदमाश, बैठ और रो! गड्ढे में गिर!" मैं कहता हूँ- "मुझे न रोना है, न गड्ढे में गिरना है।" मैं उछल पड़ता हूँ। मुझे मुक्त होना चाहिए। कभी इसे करके देखो ध्यान में, एक क्षण के लिए, तुम इस प्रकृति को परिवर्तित कर सकते हो। अब अगर तुममें यह शक्ति आ जाती है, तो क्या वह स्वर्ग अथवा मुक्ति नहीं होगी? यही ध्यान की शक्ति है।

स्वामी जी द्वारा रचित सप्तम अध्याय 'ध्यान और समाधि' से उद्धृत अंश

शरीर के भीतर अथवा उसके बाहर किसी स्थान में कुछ समय तक स्थिर रखने के उद्देश्य से जब मन को प्रशिक्षित किया जाता है, तब उसको उस दिशा में अविच्छिन्न गति से प्रवाहित होने की शक्ति प्राप्त होती है। इस स्थिति का नाम 'ध्यान' है। जब ध्यान-शक्ति इतनी तीव्र हो जाती है कि मन अनुभूति के बाहरी भाग को त्यागकर केवल उसके अंतर्भाग या अर्थ की ही ओर एकाग्र हो जाता है, तब उस स्थिति का नाम 'समाधि' है। धारणा, ध्यान और समाधि, इन तीनों को एक साथ लेने को 'संयम' कहते हैं। तात्पर्य यह कि

अगर किसी का मन पहले किसी वस्तु में एकाग्र हो सकता है, फिर उस एकाग्रता की स्थिति में कुछ समय तक रह सकता है और उसके बाद ऐसी दीर्घ एकाग्रता की स्थिति में वह अनुभूति के केवल आभ्यांतरिक भाग पर, जिसका ध्येय-वस्तु केवल कार्य है, अपने आपको लगाए रख सकता है, तो सभी कुछ ऐसे शक्तिसंपन्न मन के वशीभूत हो जाता है।

जीव की जितने प्रकार की अवस्थाएँ हैं, उनमें यह ध्यान की अवस्था ही सर्वोच्च है। जब तक वासना रहती है, तब तक वास्तविक सुख नहीं आ सकता।

केवल जब कोई मनुष्य इस ध्यानावस्था से, साक्षिभाव से समस्त वस्तुओं का परिशीलन कर सकता है, तभी उसे यथार्थ सुख और आनंद की प्राप्ति होती है। अन्य प्राणी इंद्रियों में सुख पाते हैं, मनुष्य बुद्धि में और देव-मानव आध्यात्मिक ध्यान में। जो ऐसी ध्यान की अवस्था को प्राप्त हो चुके हैं, उनके पास यह जगत् वास्तव में अत्यंत सुंदर रूप से प्रतीयमान होता है। जिसकी वासना नहीं है, जो सभी विषयों में निर्लिप्त हैं, उनके पास प्रकृति के ये विभिन्न परिवर्तन एक महासौंदर्य और उदात्त भाव की छवि मात्र हैं।

ध्यान की प्राप्ति

18 अप्रैल, 1900 ई. को अलामेडा, कैलिफोर्निया में स्वामी जी द्वारा दिए गए भाषण 'धर्म की साधना-1' से उद्धृत अंश

ध्यान को विभिन्न रीतियों से प्राप्त किया जा सकता है। प्रत्येक प्रकृति का अपना मार्ग है किंतु सामान्य सिद्धांत यह है कि मन को पकड़ो। मन एक झील की भाँति है और उसमें गिरने वाला प्रत्येक पत्थर तरंगें उठाता है। ये तरंगें हमें देखने नहीं देतीं कि हम वास्तव में क्या हैं। झील के पानी में पूर्ण चंद्रमा का प्रतिबिंब विद्यमान है, लेकिन उसकी सतह इतनी आंदोलित है कि वह हमें स्पष्टतः दिखाई नहीं देता। उसे शांत होने दो। प्रकृति की तरंगें मत उठाने दो। शांत रहो और तब कुछ समय बाद वह तुम्हें छोड़ देगी। तब हम जान पाएँगे कि हम क्या हैं। ईश्वर वहाँ पहले से है, किंतु मन बहुत चंचल है, वह हमेशा इंद्रियों के पीछे दौड़ता रहता है। तुम इंद्रियों को रोकते हो और फिर भी बारंबार भ्रमित होते हो। अभी, इस क्षण सोचता हूँ कि मैं ठीक हूँ और मैं ईश्वर में ध्यान लगाऊँगा और तब एक मिनट में मेरा मन लंदन पहुँच जाता है, और अगर मैं उसे वहाँ से खींच लेता हूँ, तो वह न्यूयॉर्क चला जाता है, उन बातों के विषय में सोचने के लिए, जो मैंने अतीत में वहाँ की हैं। इन तरंगों को ध्यान की शक्ति से रोकना है।

ध्यान परमानंद का द्वार

18 अप्रैल, 1900 ई. को अलामेडा, कैलिफोर्निया में स्वामी जी द्वारा दिए गए भाषण 'धर्म की साधना-1' से उद्धृत अंश

असीम आत्मा के अलावा शेष सब कुछ परिवर्तनशील है। परिवर्तन का चक्र गतिमान है। स्वयं तुम्हारे अतिरिक्त स्थायित्व अन्य कहीं नहीं है। वहीं है अनंत और अविचल आनंद। ध्यान के द्वार से हम उस तक पहुँचते हैं। प्रार्थनाएँ, अनुष्ठान और पूजा के अन्य रूप ध्यान की केवल शिशुशाला मात्र हैं। तुम प्रार्थना करते हो, तुम कुछ अर्पित करते हो। एक सिद्धांत था कि सभी बातों से व्यक्ति का आध्यात्मिक बल बढ़ता है। कुछ विशेष शब्दों, पुष्पों, प्रतिमाओं, मंदिरों, बत्तियों को हिलाने के समान अनुष्ठानों, आरतियों का उपयोग मन को उस स्थिति में लाता है, किंतु वह स्थिति तो सदैव मनुष्य की आत्मा में है, कहीं बाहर नहीं। लोग यह सब कर रहे हैं; लेकिन वे जो अनजाने कर रहे हैं, उसे तुम जान-बूझकर करो। यह ध्यान की शक्ति है। तुम्हारे पास जो ज्ञान है- वह किस प्रकार आया? ध्यान की शक्ति से आया। आत्मा ने ज्ञान को अपनी गहराई में से मथकर निकाला है। क्या उसके बाहर भी कभी ज्ञान रहा है! दीर्घकाल में ध्यान की यह शक्ति हमें अपने शरीर से पृथक कर देती है और आत्मा अपने वास्तविक अजन्मा, अमर और अनादि स्वरूप को पहचान लेती है। अब दुःख नहीं रहता, इस पृथ्वी पर जन्म नहीं लेना पड़ता, विकास नहीं रहता।

हमें धीरे-धीरे क्रमशः अपने को प्रशिक्षित करना है। यह मजाक नहीं है- यह प्रश्न एक दिन का अथवा वर्षों का और संभव है कि जन्मों का नहीं है। चिंता मत करो! अभ्यास जारी रहना चाहिए! इच्छापूर्वक, जान-बूझकर अभ्यास जारी रखना चाहिए।

इंच-इंच करके हम आगे बढ़ेंगे। हम उस वास्तविक संपत्ति को अनुभव करने लगेंगे, प्राप्त करने लगेंगे, जिसे हमसे कोई नहीं ले सकता- वह संपत्ति, जिसे

कोई व्यक्ति नहीं छीन सकता; वह संपत्ति, जिसे कोई नष्ट नहीं कर सकता; वह आनंद, जिसे अब कोई दुःख स्पर्श नहीं कर सकता।

इतने वर्षों से हम दूसरों पर आश्रित हैं। यदि मुझे किसी से कुछ आनंद मिला है और वह व्यक्ति चला जाता है, तो मेरा आनंद भी चला जाता है। व्यक्ति की मूर्खता देखो, वह अपने सुख के लिए दूसरे व्यक्ति पर निर्भर होता है। सभी वियोग दुःखद होते हैं। स्वाभाविक है। सुख के लिए धन पर निर्भरता? धन घटता बढ़ता रहता है। केवल अपरिवर्तनीय आत्मा के अलावा स्वास्थ्य या किसी अन्य वस्तु पर निर्भर होने से आज या कल दुःख जरूर आएगा।

सत्य की खोज

प्रथम अध्याय 'अवतरणिका' से उद्धृत अंश

योग-विद्या के आचार्य कहते हैं कि धर्म पूर्वकालीन अनुभवों पर केवल स्थापित ही नहीं, बल्कि इन अनुभवों से स्वयं संपन्न हुए बिना कोई भी धार्मिक नहीं हो सकता। जिस विद्या के द्वारा ये अनुभव प्राप्त होते हैं, उसका नाम योग है। धर्म के सत्यों को जब तक कोई महसूस नहीं कर लेता, तब तक धर्म की बात करना ही व्यर्थ है। भगवान के नाम पर इतनी लड़ाई, विरोध और झगड़ा क्यों? भगवान के नाम पर जितना खून बहा है, उतना अन्य किसी कारण से नहीं। ऐसा क्यों? इसीलिए कि कोई भी व्यक्ति मूल वस्तु तक नहीं गया। सब लोग पूर्वजों के कुछ आचारों का समर्थन करके ही संतुष्ट थे। वे चाहते थे कि दूसरे भी वैसा ही करें। जिन्हें आत्मा की अनुभूति अथवा ईश्वर-साक्षात्कार न हुआ हो, उन्हें यह कहने का क्या अधिकार है कि आत्मा या ईश्वर है? यदि ईश्वर है तो उसका साक्षात्कार करना होगा; यदि आत्मा नामक कोई चीज है तो उसकी उपलब्धि करनी होगी। ऐसा न होने पर विश्वास न करना ही भला। ढोंगी होने से स्पष्टवादी नास्तिक होना बेहतर है। एक ओर, आजकल के विद्वान कहे जाने वाले मनुष्यों के मन का भाव यह है कि धर्म, दर्शन और एक परम पुरुष का अनुसंधान,

यह सब निष्फल है और दूसरी ओर, जो अर्द्धशिक्षित हैं उनका मनोभाव ऐसा लगता है कि धर्म, दर्शन आदि की वास्तव में कोई बुनियाद नहीं; उनकी इतनी ही उपयोगिता है कि वे संसार के मंगल-साधन की बलशाली प्रेरक शक्तियाँ हैं। अगर लोगों का ईश्वर की सत्ता में विश्वास रहेगा, तो वे सत् और नीतिपरायण बनेंगे और इसीलिए अच्छे नागरिक होंगे।

मनुष्य चाहता है सत्य, वह सत्य का स्वयं अनुभव करना चाहता है और जब वह सत्य की धारणा कर लेता है, सत्य का साक्षात्कार कर लेता है, हृदय के अंतरतम प्रदेश में उसका अनुभव कर लेता है, वेद कहते हैं- "तभी उसके सारे संदेह दूर होते हैं, सारा तमोजाल छिन्न-भिन्न हो जाता है और सारी वक्रता सीधी हो जाती है।" मुंडकोपनिषद् (2/2/8) में कहा गया है-

भिद्यते हृदयग्रन्थिश्छिद्यन्ते सर्वसंशयाः ।
क्षीयन्ते चास्य कर्माणि तस्मिन्दृष्टे परावरे॥

मन को संयत करना कठिन

षष्ठ अध्याय 'प्रत्याहार और धारणा' से उद्धृत अंश

मन को संयत करना बहुत कठिन है। इसकी एक बहुत अच्छी उपमा उन्मत्त वानर से दी गई है। कहीं एक वानर था। वह स्वभाव से बहुत चंचल था, जैसा कि वानर होते हैं। किंतु उतने से संतुष्ट न होकर एक व्यक्ति ने उसे काफी शराब पिला दी। इससे वह और भी चंचल हो गया। इसके पश्चात उसे एक बिच्छू ने डंक मार दिया। तुम जानते हो कि किसी को बिच्छू डंक मार दे, तो वह दिन भर इधर-उधर कितना तड़पता रहता है। उस अति चंचल अवस्था के ऊपर बिच्छू का डंक! इससे वह वानर बहुत अस्थिर हो गया। तदुपरांत मानो उसके दुःख की मात्रा को पूरी करने के लिए एक दानव उस पर सवार हो गया। यह सब मिलाकर सोचो कि वानर कितना चंचल हो गया होगा। इसे भाषा द्वारा व्यक्त करना

संभव नहीं है। बस, मनुष्य का मन उस वानर के समान है। मन तो स्वभाव से ही सतत चंचल है, फिर वह वासनारूप मदिरा से मत्त है, इससे उसकी अस्थिरता बढ़ गई है। जब वासना आकर मन पर अधिकार कर लेती है, तब सुखी लोगों को देखने पर ईर्ष्या-रूपी बिच्छू उसे डंक मारता रहता है। उसके भी ऊपर जब अहंकाररूपी दानव उसके अंदर प्रवेश करता है, तब तो वह अपने आगे किसी को नहीं गिनता। ऐसी तो हमारे मन की अवस्था है! अतः सोचो तो मन का संयम कितना कठिन है!

बहुत बड़ा कार्य

लॉस एंजिलिस, कैलिफोर्निया में दिए गए भाषण 'क्रियात्मक आध्यात्मिकता के प्रति संकेत' से उद्धृत अंश

योगियों के मतानुसार 'इड़ा', 'पिंगला' और 'सुषुम्ना' तीन प्रमुख नाड़ियाँ हैं। ये तीनों ही मेरुदंड में स्थित हैं। इड़ा और पिंगला दाहिनी तथा बायीं नाड़ी तंतुओं के गुच्छ हैं। किंतु सुषुम्ना उनका गुच्छ न होकर पोली नाड़ी है। सुषुम्ना बंद रहती है तथा जनसामान्य के लिए इसका कोई उपयोग नहीं होता। वह इड़ा और पिंगला नाड़ी से ही अपना काम करता रहता है। इन्हीं नाड़ियों के माध्यम से संवेदना का प्रवाह निरंतर आता तथा जाता रहता है और वे सारे शरीर में फैले हुए नाड़ी सूत्रों के द्वारा शरीर की अलग-अलग इंद्रियों तक आदेश पहुँचाती रहती हैं।

हमारे समक्ष बहुत बड़ा कार्य है और इसमें सर्वप्रथम तथा सर्वाधिक महत्त्व का कार्य है, अपने सहस्रों सुप्त संस्कारों पर अधिकार करना, जो अनैच्छिक सहज क्रियाओं में परिणत हो गए हैं। यह बात सच है कि असत्कर्म-समूह व्यक्ति के जाग्रत क्षेत्र में रहता है, परंतु जिन कारणों ने इन बुरे कार्यों को जन्म दिया, वे इसके पीछे प्रसुप्त और अदृश्य जगत् के हैं और इस कारण अधिक प्रभावशाली हैं।

अचेतन को अपने अधिकार में करना हमारी साधना का पहला भाग है। दूसरा है चेतन के परे जाना। जिस प्रकार अचेतन चेतन के नीचे, उसके पीछे रहकर कार्य करता रहता है, उसी प्रकार चेतन के ऊपर, उसके अतीत भी एक अवस्था है। जब व्यक्ति इस अतिचेतन अवस्था को पहुँच जाता है, तब वह मुक्त हो जाता है अर्थात् ईश्वरत्व को प्राप्त हो जाता है। तब मृत्यु अमरत्व में बदल जाती है, दुर्बलता असीम शक्ति बन जाती है और अज्ञान की लौहश्रृंखलाएँ मुक्ति बन जाती हैं। अतिचेतन का यही असीम राज्य ही हमारा एकमात्र लक्ष्य है। अतएव स्पष्ट है कि हमें दो कार्य अवश्य ही करने होंगे- एक तो यह कि इड़ा और पिंगला के प्रवाहों का नियमन कर अचेतन कार्यों को नियमित करना और दूसरा, इसके साथ ही साथ चेतन के भी परे चले जाना।

योगी वही है, जिसने लंबे समय तक चित्त की एकाग्रता का अभ्यास करके इस सत्य की प्राप्ति कर ली है। अब सुषुम्ना का द्वार खुल जाता है और इस मार्ग में वह प्रवाह प्रवेश करता है, जो इसके पहले उसमें कभी नहीं गया था, वह जैसा कि आलंकारिक भाषा में कहा है धीरे-धीरे विभिन्न कमल-चक्रों में से होता हुआ, कमल-दलों को खिलाता हुआ अंततः मस्तिष्क तक पहुँच जाता है। तब योगी को अपने सत्यस्वरूप का ज्ञान हो जाता है, वह जान लेता है कि वह स्वयं ईश्वर ही है।

ध्यान हेतु वातावरण

राजयोग के अंतर्गत 'साधना के प्राथमिक सोपान' अध्याय से उद्धृत अंश

तुममें से जिनके पास व्यवस्था हो, वे साधना के लिए अगर एक स्वतंत्र कमरा रख सकें, तो अच्छा हो। इस कमरे को सोने के काम में न लाओ। इसे सदैव पवित्र रखो। बिना स्नान किए और शरीर-मन को बिना शुद्ध किए इस कमरे में प्रवेश न करो। इस कमरे में हमेशा पुष्प और हृदय को आनंद देने वाले चित्र रखो। योगी के लिए ऐसे वातावरण में रहना अति उत्तम है। सुबह और शाम वहाँ धूप तथा चंदन का चूर्ण आदि जलाओ। उस कमरे में किसी प्रकार

का क्रोध, कलह और अपवित्र चिंतन न किया जाए। तुम्हारे साथ जिनके भाव या विचार मिलते हैं, केवल उन्हीं को उस कमरे में प्रवेश करने दो। ऐसा करने पर शीघ्र वह कमरा सत्वगुण से पूर्ण हो जाएगा; यहाँ तक कि जब किसी प्रकार का दुःख या संशय आए अथवा मन चंचल हो उठे तो उस समय उस कमरे में प्रवेश करते ही तुम्हारा मन शांत हो जाएगा। मंदिर, गिरजाघर आदि के निर्माण का सच्चा उद्देश्य यही था। अब भी बहुत से मंदिरों और गिरजाघरों में यह भाव देखने को मिलता है, किंतु अधिकांश स्थलों में लोग इनका उद्देश्य भूल गए हैं। चारों ओर पवित्र चिंतन के परमाणु सदैव स्पंदित होते रहने के कारण वह स्थान पवित्र ज्योति से भरा रहता है। जो इस प्रकार के स्वतंत्र कमरे की व्यवस्था नहीं कर सकते, वे जहाँ इच्छा हो, वहाँ बैठकर साधना कर सकते हैं।

ध्यान हेतु आवश्यक तथ्य

राजयोग के अंतर्गत अष्टम अध्याय 'संक्षेप में राजयोग' से उद्धृत अंश

सूखे पत्तों से ढकी हुई जमीन पर, चौराहे पर, बहुत कोलाहलपूर्ण या डरावने स्थान में, दीमक के ढेर के पास अथवा जहाँ अग्नि या जल से किसी भय की आशंका हो, जहाँ जंगली जानवर हों, जो स्थान दुष्ट लोगों से भरा हो- ऐसे स्थानों पर योग की साधना करना उचित नहीं। यह व्यवस्था विशेष रूप से भारत के बारे में लागू होती है।

जब शरीर अत्यंत आलसी या बीमार प्रतीत होता हो अथवा जब मन काफी दुःखपूर्ण रहता हो, तब भी साधना नहीं करनी चाहिए। किसी गुप्त तथा निर्जन स्थान में जाकर साधना करो, जहाँ लोग तुम्हें बाधा पहुँचाने न आ सकें। अपवित्र स्थान पर बैठकर साधना मत करना, बल्कि सुंदर दृश्य वाले स्थान में या अपने घर की एक सुंदर कोठरी में बैठकर साधना करना। साधना में प्रवृत्त होने के पहले समस्त प्राचीन योगियों, अपने गुरुदेव तथा भगवान को प्रणाम करना तत्पश्चात साधना में प्रवृत्त होना।

ध्यान हेतु उचित समय

राजयोग के अंतर्गत द्वितीब्य अध्याय 'साधना के प्राथमिक सोपान' से उद्धृत अंश

ध्यान के लिए प्रतिदिन कम-से-कम दो बार अभ्यास करना चाहिए और उस अभ्यास का उपयुक्त समय है प्रातः और सायं। जब रात बीतती है और पौ फटती है तथा जब दिन बीतता है और रात आती है, इन दो समयों में प्रकृति अन्य समयों की अपेक्षा शांत होती है। ब्राह्ममुहूर्त और गोधूलि, ये दो समय मन की स्थिरता के लिए अनुकूल हैं। इन दोनों समयों में हमारा शरीर बहुत कुछ शांत रहता है। इस समय साधना करने से प्रकृति हमारी काफी सहायता करेगी, अतः इन्हीं दो समयों में साधना करनी आवश्यक है। यह नियम बना लो कि साधना समाप्त किए बिना भोजन न करोगे। ऐसा नियम बना लेने पर भूख का प्रबल वेग ही तुम्हारा आलस्य समाप्त कर देगा। भारत देश में बालक यही शिक्षा पाते हैं कि स्नान-पूजा और साधना किए बगैर भोजन नहीं करना चाहिए। कालांतर में यह उनका स्वभाव बन जाता है कि उनकी जब तक स्नान-पूजा और साधना समाप्त नहीं हो जाती, तब तक उन्हें भूख नहीं लगती।

ध्यान हेतु प्रार्थना

राजयोग के अंतर्गत द्वितीय अध्याय 'संक्षेप में राजयोग' से उद्धृत अंश

ध्यान के लिए शरीर को सीधा रखकर बैठो और मन ही मन कहो- "संसार में सभी सुखी हों, सभी शांति लाभ करें, सभी आनंद पाएँ।"

इस प्रकार पूर्व, पश्चिम, उत्तर तथा दक्षिण चारों ओर पवित्र चिंतन की धारा बहा दो। ऐसा जितना करोगे, उतना ही तुम स्वयं को अच्छा अनुभव करने लगोगे। बाद में देखोगे- 'दूसरे सब लोग स्वस्थ हों', यह चिंतन ही स्वास्थ्य लाभ का सहज उपाय है।

'दूसरे लोग सुखी हों' ऐसी भावना ही अपने को सुखी करने का सरल उपाय है। इसके बाद जो लोग ईश्वर पर आस्था रखते हों वे ईश्वर के निकट प्रार्थना करें- अर्थ, स्वास्थ्य अथवा स्वर्ग के लिए नहीं बल्कि हृदय में ज्ञान और सत्य-तत्व के उन्मेष के लिए। इसको छोड़कर शेष सब प्रार्थनाएँ स्वार्थ से युक्त हैं।

ध्यान हेतु प्रथम पाठ

राजयोग के अंतर्गत षष्ठ अध्याय 'प्रत्याहार और धारणा' से उद्धृत अंश

मन के संयम का पहला चरण यह है कि कुछ समय के लिए चुप्पी साधकर बैठे रहो और मन को अपने अनुसार चलने दो। मन सतत चंचल है। वह वानर की तरह सदा कूद-फाँद करता रहता है। यह मन-मर्कट जितनी इच्छा हो, उछल-कूद मचाए, कोई नुकसान नहीं, धैर्य रखते हुए प्रतीक्षा करो और मन की गति देखते जाओ। लोग जो कहते हैं कि ज्ञान ही यथार्थ शक्ति है, यह बिलकुल सच है। जब तक मन की क्रियाओं पर दृष्टि न रखोगे, उसका संयम न कर सकोगे। मन को इच्छानुसार घूमने दो। संभवतः बहुत बुरी-बुरी भावनाएँ मन में आएँ। तुम्हारे मन में इतनी असत भावनाएँ आ सकती हैं कि तुम सोचकर आश्चर्यचकित हो जाओगे। किंतु देखोगे, मन के ये सब खेल दिन पर दिन कम होते जा रहे हैं, दिन पर दिन मन कुछ-कुछ स्थिर होता जा रहा है। पहले कुछ महीने देखोगे, तुम्हारे मन में हजारों विचार आएँगे, क्रमशः वह संख्या घटकर सैकड़ों तक रह जाएगी। फिर कुछ और महीने बाद वह और भी घट जाएगी और अंततः मन पूर्ण रूप से अपने नियंत्रण में आ जाएगा। पर हाँ, हमें प्रतिदिन धैर्य के साथ अभ्यास करना होगा।

मन को एकाग्र करना शुरू करने पर देखोगे कि एक सामान्य पिन गिरने से ही ऐसा प्रतीत होगा कि मानो तुम्हारे मस्तिष्क में से वज्र पार हो गया। इंद्रिय-तंत्र जितने सूक्ष्म होते जाते हैं, अनुभूति भी उतनी ही सूक्ष्म होती जाती है। इन्हीं सब अवस्थाओं में से होते हुए हमें क्रमशः अग्रसर होना होगा। और जो लोग

अध्यवसाय के साथ अंत तक लगे रह सकते हैं, वे ही कृतकार्य होंगे। सब प्रकार के तर्क और चित्त में विक्षेप उत्पन्न करने वाली बातों को दूर कर देना होगा। शुष्क तथा निरर्थक तर्कपूर्ण प्रलाप से क्या होगा? वह केवल मन के साम्यभाव को समाप्त करके उसे चंचल भर कर देता है। इन सब तत्वों की उपलब्धि की जानी चाहिए। केवल बातों से कुछ नहीं होगा। इसलिए सब प्रकार की बकवास छोड़ दो। जिन्होंने प्रत्यक्ष अनुभव किया है, केवल उन्हीं के लिखे ग्रंथ पढ़ो।

प्रथम पाठ के बाद

राजयोग के अंतर्गत द्वितीय अध्याय 'साधना के प्राथमिक सोपान' से उद्धृत अंश

प्रार्थना और प्रथम पाठ अर्थात् मन पर नियंत्रण के पश्चात भावना करनी होगी कि मेरा शरीर वज्रवत् दृढ़, सबल और स्वस्थ है। यह देह ही मेरी मुक्ति में सहायक है। इसकी सहायता से मैं यह जीवन-सागर पार कर लूँगा। जो दुर्बल है, वह कभी मुक्ति नहीं पा सकता अतः समस्त दुर्बलताओं का त्याग करो। देह से कहो कि यह खूब बलिष्ठ हो। मन से कहो कि तुम अनंत शक्तिधर हो और स्वयं पर प्रबल विश्वास तथा भरोसा रखो।

ध्यान के प्रकार

राजयोग के अंतर्गत अष्टम अध्याय 'संक्षेप में राजयोग' से उद्धृत अंश

ध्यान के लिए सीधे बैठकर अपनी नाक के ऊपरी भाग पर दृष्टि रखो। तुम देखोगे कि उससे मन की स्थिरता में विशेष रूप से सहायता प्राप्त होती है। आँख के दो स्नायुओं को नियंत्रण में लाने से प्रतिक्रिया के केंद्रस्थल को काफी हद तक वश में लाया जा सकता है, अतः उससे इच्छा-शक्ति भी बहुत अधीन हो जाती है। ध्यान का एक प्रकार यह है- सोचो, सिर के ऊर्ध्व देश में एक कमल है, धर्म उसका मूलदेश है, ज्ञान उसकी नाल है, योगी की अष्ट सिद्धियाँ उस

कमल के आठ दलों की तरह हैं और वैराग्य उसके भीतर की कर्णिका है। जो योगी अष्ट सिद्धियाँ आने पर भी उनको त्याग सकते हैं, वे ही मुक्ति प्राप्त करते हैं। इसीलिए अष्ट सिद्धियाँ का बाहर के आठ दलों के रूप में तथा अंदर की कर्णिका का परवैराग्य अर्थात् अष्ट सिद्धियाँ आने पर भी उनके प्रति वैराग्य के रूप में वर्णन किया गया है। इस कमल के भीतर हिरण्मय, सर्वशक्तिमान, अस्पर्श, ओंकारवाच्य, अव्यक्त, किरणों से परिव्याप्त परम ज्योति का चिंतन करो। उस पर ध्यान करो।

और एक प्रकार के ध्यान का विषय बताया जाता है- सोचो कि तुम्हारे हृदय में एक आकाश है और उस आकाश के भीतर अग्निशिखा के समान एक ज्योति उद्भासित हो रही है- उस ज्योतिशिखा का अपनी आत्मा के रूप में चिंतन करो, फिर उस ज्योति के भीतर और एक ज्योतिर्मय आकाश की भावना करो; वही तुम्हारी आत्मा की आत्मा है, परमात्मस्वरूप ईश्वर है। हृदय में उसका ध्यान करो। ब्रह्मचर्य, अहिंसा, महाशत्रु को भी क्षमा कर देना, सत्य, आस्तिक्य, ये सब विभिन्न व्रत हैं। यदि इन सबमें तुम सिद्ध न रहो, तो भी दुःखी या भयभीत न होना। प्रयास करो, धीरे-धीरे सब हो जाएगा। विषय की लालसा, भय और क्रोध छोड़कर जो ईश्वर के शरणागत हुए हैं, उनमें तन्मय हो गए हैं, जिनका हृदय पवित्र हो गया है, वे ईश्वर के पास जो कुछ चाहते हैं, ईश्वर उसी समय उसकी पूर्ति कर देता है। इसलिए ज्ञान, भक्ति अथवा वैराग्य के माध्यम से उनकी उपासना करो।

ध्येय तक पहुँचने का उपाय

राजयोग के अंतर्गत षष्ठ अध्याय 'प्रत्याहार और धारणा' से उद्धृत अंश

ध्येय तक पहुँचने के लिए पूरी लगन के साथ, कमर कसकर साधना में लग जाओ, फिर मौत भी आए, तो क्या! **मन्त्रं वा साधयामि शरीरं वा पातयामि** अर्थात् काम सधे या प्राण ही जाएँ। फल की ओर दृष्टि रखे बिना साधना में

मग्न हो जाओ। निडर होकर इस प्रकार दिन-रात साधना करने पर छः महीने के भीतर ही तुम एक सिद्ध योगी हो सकते हो। किंतु दूसरे, जो थोड़ी-थोड़ी साधना करते हैं, सब विषयों को थोड़ा-थोड़ा चखते हैं, वे कभी कोई बड़ी उन्नति नहीं कर सकते। मात्र उपदेश सुनने से कोई फल नहीं होता। जो लोग तमोगुण से पूर्ण अज्ञानी और आलसी हैं जिनका मन कभी किसी वस्तु पर स्थिर नहीं रहता, जो केवल थोड़े से मजे की खोज में हैं, उनके लिए धर्म और दर्शन केवल मनोरंजन के विषय हैं। जो मात्र थोड़े से आमोद-प्रमोद के लिए धर्म करने आते हैं, वे साधना में अध्यवसायहीन हैं। वे धर्म की बातें सुनकर सोचते हैं कि वाह! ये तो अच्छी बातें हैं। इसके बाद घर पहुँचते ही सारी बातें भूल जाते हैं। सिद्ध होना हो तो प्रबल अध्यवसाय चाहिए, मन का अपरिमित बल चाहिए। अध्यवसायी साधक कहता है- "मैं चुल्लू से सागर पी जाऊँगा। मेरी इच्छा मात्र से पर्वत चूर-चूर हो जाएँगे।" इस प्रकार का तेज, इस प्रकार का दृढ़ संकल्प लेकर कठोर साधना करो और तुम ध्येय को अवश्य ही प्राप्त करोगे।

ध्यान रखें

'पातंजल योगसूत्र' की उपक्रमणिका से उद्धृत अंश

एक मत आजकल के अनेक संप्रदायों से सुना जाता है, वह यह कि मनुष्य निरंतर उन्नति कर रहा है, चरम लक्ष्य तक पहुँचने का सतत संघर्ष कर रहा है, परंतु कभी भी वहाँ तक पहुँच न सकेगा। यह मत ऊपर से सुनने में तो बड़ा युक्तिसंगत प्रतीत होता है, पर यह भी वास्तव में बिलकुल असंगत ही है, क्योंकि कोई भी गति एक सरल रेखा में नहीं होती। प्रत्येक गति वर्तुलाकार में ही होती है। अगर तुम एक पत्थर लेकर आकाश में फेंको, उसके बाद अगर तुम्हारा जीवन काफी हो और पत्थर के मार्ग में कोई अवरोध न आए, तो घूमकर वह ठीक तुम्हारे हाथ में वापस आ जाएगा। यदि एक सरल रेखा अनंत दूरी तक बढ़ायी जाए, तो वह अंततः एक वृत्त का रूप धारण कर लेगी। इसलिए यह मत

कि व्यक्ति का भाग्य सदैव अनंत उन्नति की ओर है उसका कहीं भी अंत नहीं, असंगत है। नीतिशास्त्र कहते हैं कि किसी के भी प्रति घृणा मत करो, सबको प्यार करो। नीतिशास्त्र के इस सत्य का स्पष्टीकरण पूर्वोक्त मत से हो जाता है। विद्युत-शक्ति के बारे में आधुनिक मत यह है कि वह डाइनेमो से बाहर निकल, घूमकर फिर से उसी यंत्र में लौट आती है। प्रेम और घृणा के बारे में भी यही नियम लागू होता है। इसलिए किसी से घृणा करनी उचित नहीं, क्योंकि यह शक्ति- यह घृणा, जो तुममें से बहिर्गत होगी, घूमकर कालांतर में फिर तुम्हारे ही पास वापस आ जाएगी। अगर तुम लोगों को प्यार करो, तो वह प्यार घूम-फिरकर तुम्हारे पास ही लौट आएगा। यह निश्चित सत्य है कि मनुष्य के मन से घृणा का जो कुछ अंश बाहर निकलता है, वह अंततः उसी के पास अपनी पूरी शक्ति से लौट आता है। कोई भी इसकी गति रोक नहीं सकता। इसी प्रकार प्रेम का प्रत्येक संवेग भी उसी के पास लौट आता है।

मानस सरोवर

पातंजल योगसूत्र के प्रथम अध्याय 'समाधिपाद' से उद्धृत अंश

हम लोग सरोवर की तली को नहीं देख पाते क्योंकि उसकी सतह छोटी-छोटी लहरों से व्याप्त रहती है। उस तली की झलक मिलनी तब संभव है, जब ये सारी लहरें शांत हो जाएँ और पानी स्थिर हो जाए। यदि पानी गँदला हो, या सारे समय उसमें हलचल होती रहे, तो वह तली कभी दिखायी न देगी। लेकिन अगर पानी निर्मल हो और उसमें एक भी लहर न रहे, तब हम उस तली को अवश्य देख सकेंगे। यह चित्त मानो उस सरोवर की तरह है और हमारा वास्तविक स्वरूप मानो उसकी तली है; वृत्तियाँ उस पर उठने वाली लहरें हैं। फिर यह भी देखा जाता है कि यह मन तीन प्रकार की अवस्थाओं में रहता है। पहला है- तम अर्थात् अंधकारमय अवस्था, जैसा कि हम पशुओं तथा अत्यंत मूर्खों में पाते हैं। ऐसे मन की प्रवृत्ति केवल औरों को अनिष्ट पहुँचाने

में ही होती है; मन की इस अवस्था में और दूसरा कोई विचार सूझता ही नहीं। दूसरा है- रज अर्थात् मन की क्रियाशील अवस्था, जिसमें केवल प्रभुत्व और भोग की कामना रहती है। उस समय यही भाव रहता है कि मैं शक्तिमान होऊँगा और दूसरों पर राज्य करूँगा। तीसरा है- सत्त्व अर्थात् मन की गंभीर और शांत अवस्था, जिसमें समस्त तरंगें शांत हो जाती हैं और मानस-सरोवर का जल निर्मल हो जाता है। यह कोई जड़ अवस्था नहीं है, बल्कि यह तो तीव्र क्रियाशील अवस्था है। शांत होना शक्ति की महत्तम अभिव्यक्ति है। क्रियाशील होना तो सहज है। बस लगाम ढीली कर दो, तो घोड़े स्वयं तुम्हें भगा ले जाएँगे। यह तो कोई भी कर सकता है; पर शक्तिमान पुरुष तो वह है, जो इन तेज घोड़ों को थाम सके।

मनःवृत्तियों का निग्रह

पातंजल योगसूत्र के द्वितीय अध्याय 'साधनपाद' से उद्धृत अंश

महर्षि पतंजलि द्वारा रचित 'योगसूत्र' के द्वितीय अध्याय 'साधनपाद' के 11वें सूत्र में कहा गया है-'ध्यानहेयास्तद्वृत्तय:'। अर्थात् ध्यान के द्वारा मन की स्थूल वृत्तियाँ नष्ट करनी पड़ती हैं।

ध्यान ही इन बड़ी तरंगों की उत्पत्ति को रोकने का एक महान उपाय है। ध्यान के माध्यम से मन की ये वृत्तिरूप लहरें दब जाती हैं। अगर तुम दिन पर दिन, मास पर मास, वर्ष पर वर्ष, इस ध्यान का अभ्यास करो- जब तक वह तुम्हारे स्वभाव में न समा जाए, जब तक तुम्हारी इच्छा न करने पर भी वह ध्यान अपने आप आने लगे तब क्रोध, घृणा आदि वृत्तियाँ संयत हो जाएँगी।

प्रफुल्ल रहो

पातंजल योगसूत्र के द्वितीय अध्याय 'साधनपाद' से उद्धृत अंश

‘पातंजल योगसूत्र’ के द्वितीय अध्याय ‘साधनपाद’ के 41वें सूत्र में कहा गया है- “सत्त्वशुद्धिसौमनस्यैकाग्रयेन्द्रियजयात्मदर्शनयोग्यत्वानि च।” अर्थात् इसके सिवा (इस शौच से) सत्त्वशुद्धि, सौमनस्य अर्थात् मन का प्रफुल्ल भाव, एकाग्रता, इंद्रियजय और आत्मदर्शन की योग्यता- ये पाँचों भी होते हैं।

इस शौच के अभ्यास द्वारा सत्त्व पदार्थ का प्राबल्य होता है और मन एकाग्र तथा प्रफुल्ल हो जाता है। तुम धर्म-पथ में अपने अग्रसर होने का पहला लक्षण यह देखोगे कि तुम दिन पर दिन बड़े प्रफुल्ल होते जा रहे हो। अगर कोई मनुष्य विषादयुक्त दिखे, तो वह अजीर्ण का परिणाम भले ही हो, पर धर्म का लक्षण नहीं हो सकता। सुख का भाव ही सत्व का स्वाभाविक धर्म है, सात्त्विक व्यक्ति के लिए सभी सुखमय प्रतीत होते हैं। इसलिए जब तुममें यह आनंद का भाव आता रहे, तो समझना कि तुम योग में उन्नति कर रहे हो।

समस्त दुःख-कष्ट तमोगुण से उत्पन्न होते हैं; इसलिए तुम्हें उससे बचकर रहना होगा, उसको दूर कर देना होगा। विषादपूर्ण होकर चेहरा उतारे रहना तमोगुण का एक लक्षण है। सबल, दृढ़, स्वस्थ, युवक और साहसी व्यक्ति ही योगी बनने के योग्य है। योगी के लिए सभी सुखमय प्रतीत होते हैं; वे जिस किसी व्यक्ति को देखते हैं, उसी से उनको आनंद की प्राप्ति होती है। यही धार्मिक मनुष्य का चिह्न है। पाप ही कष्ट का कारण है, अन्य किसी कारण से कष्ट नहीं आता। उतरा हुआ चेहरा लेकर क्या होगा? कितना भयानक दृश्य है वह! ऐसी सूरत लेकर बाहर नहीं जाना। किसी दिन ऐसा होने पर द्वार बंद करके समय बिता देना। विश्व में इस बीमारी को संक्रामित करने का तुम्हें क्या अधिकार है? जब तुम्हारा मन संयत हो जाएगा, तब तुम पूरे शरीर को नियंत्रण में रख सकोगे। तब फिर तुम इस यंत्र के गुलाम नहीं बने रहोगे, यह देह-यंत्र ही तुम्हारा दास होकर रहेगा। तब यह देह-यंत्र आत्मा को खींचकर नीचे की ओर न ले जाकर उसकी मुक्ति में महान सहायक हो जाएगा।

योगियों के लक्षण

राजयोग के अंतर्गत अष्टम अध्याय 'संक्षेप में राजयोग' से उद्धृत अंश

श्रीमद्भगवद्गीता' के बारहवें अध्याय के 13वें श्लोक से लेकर 19वें श्लोक तक में कहा गया है कि "जो किसी से घृणा नहीं करते, जो सबके मित्र हैं, जो सबके प्रति करुणा से संपन्न हैं, जिनका अहंकार नष्ट हो गया है, जो सदैव संतुष्ट हैं, जो सर्वदा योगयुक्त, संयतात्मा और दृढ़ निश्चय वाले हैं, जिनका मन तथा बुद्धि मुझमें अर्पित हो गई है, वे ही मेरे परम प्रिय भक्त हैं। जिनसे लोग उद्विग्न नहीं होते, जो लोगों से उद्विग्न नहीं होते, जिन्होंने अतिरिक्त हर्ष, दुःख, भय और उद्वेग त्याग दिया है, ऐसे भक्त ही मुझे परम प्रिय हैं। जो किसी की अपेक्षा नहीं करते, जो शुचि और दक्ष हैं, सुख और दुःख में उदासीन हैं अर्थात् सुख-दुःख का जिन पर कोई प्रभाव नहीं होता है, जिनका दुःख चला गया है, जो निंदा और स्तुति में समभावापन्न हैं, मौनी हैं, जो कुछ पाते हैं, उसी में संतुष्ट रहते हैं, जिनका कोई निर्दिष्ट घर-बार नहीं, सारा संसार ही जिनका घर है, जिनकी बुद्धि स्थिर है, ऐसे व्यक्ति ही मेरे प्रिय भक्त हैं।" ऐसे व्यक्ति ही योगी हो सकते हैं।

शुक्ति के समान बनो

राजयोग के अंतर्गत षष्ठ अध्याय 'प्रत्याहार और धारणा' से उद्धृत अंश

भारत देश में एक सुंदर किंवदंती प्रचलित है कि आकाश में स्वाति नक्षत्र के तुंगस्थ रहते यदि पानी गिरे और उसकी एक बूँद किसी सीपी में चली जाए, तो उसका मोती बन जाता है। सीपियों को यह विदित है। इसी कारण जब वह नक्षत्र उदित होता है, तो वे सीपियाँ पानी की ऊपरी सतह पर आ जाती हैं और उस समय की एक अनमोल बूँद का इंतजार करती रहती हैं। जैसे ही एक बूँद

पानी उनके पेट में जाता है, वैसे ही उस जलकण को लेकर मुँह बंद करके वे समुद्र के अथाह गर्भ में चली जाती हैं और वहाँ बड़े धैर्य भाव के साथ उनसे मोती तैयार करने के प्रयास में लग जाती हैं। हमें भी उन्हीं सीपियों की तरह बनना होगा। पहले सुनना होगा, फिर समझना होगा और अंत में बाहरी संसार से दृष्टि बिलकुल हटाकर, सभी तरह की विक्षेपकारी बातों से दूर रहकर हमें अन्तर्निहित सत्य-तत्व के विकास के लिए प्रयास करना होगा। एक भाव को नया कहकर ग्रहण करके, उसकी नवीनता चली जाने पर पुनः एक दूसरे नए भाव का आश्रय लेना- इस प्रकार बार-बार करने से तो हमारी सारी शक्ति ही इधर-उधर बिखर जाएगी। एक भाव को पकड़ो, उसी को लेकर रहो। उसका अंत देखे बिना उसे मत छोड़ो। जो एक भाव लेकर उसी में मत्त रह सकते हैं, उन्हीं के हृदय में सत्य-तत्व का उन्मेष होता है।

अध्यवसाय-संपन्नता

राजयोग के अंतर्गत अष्टम अध्याय 'संक्षेप में राजयोग' से उद्धृत अंश

कूर्म पुराण के ग्यारहवें अध्याय में एक कथा कही गई है कि नारद नाम के एक महान देवर्षि थे। जिस प्रकार मनुष्यों में ऋषि या बड़े-बड़े योगी रहते हैं, उसी प्रकार देवताओं में भी बड़े-बड़े योगी हैं। नारद भी उसी प्रकार के एक अच्छे और अत्यंत महान योगी थे। वे सर्वत्र भ्रमण किया करते थे। एक दिन एक वन में से जाते हुए उन्होंने देखा कि एक व्यक्ति ध्यान में इतना मग्न है और इतने दिनों से एक ही आसन पर बैठा है कि उसके चारों ओर दीमक का ढेर लग गया है। उसने नारद से पूछा- "प्रभु, आप कहाँ जा रहे हैं?" नारद जी ने उत्तर दिया- "मैं वैकुंठ जा रहा हूँ।" तब उसने कहा- "अच्छा तो आप भगवान से पूछते आएँ, वे मुझ पर कब कृपा करेंगे, मैं कब मुक्ति प्राप्त करूँगा।" फिर कुछ दूर और चलने के बाद नारद जी ने एक दूसरे व्यक्ति को देखा। वह कूद-फाँद रहा था। वह कभी नाचता था, तो कभी गाता था। उसने भी नारद जी से वही प्रश्न किया। उस व्यक्ति

का कंठस्वर, वाग्भंगी आदि सभी उन्मत्त की तरह थे। नारद जी ने उसे भी पहले के समान उत्तर दिया। वह बोला, "अच्छा, तो भगवान से पूछते आएँ, मैं कब मुक्त होऊँगा।" ठीक है, कहकर नारद जी आगे बढ़ गए।

लौटते समय नारद जी ने दीमक के ढेर के अंदर रहने वाले उस ध्यानस्थ योगी को देखा। उस योगी ने पूछा- "देवर्षि, क्या आपने मेरी बात पूछी थी?" नारद जी बोले- "हाँ, पूछी थी।" योगी ने पूछा, "तो भगवान ने क्या कहा?" नारद जी ने उत्तर दिया, "भगवान ने कहा कि मुझको पाने के लिए उसे और चार जन्म लगेंगे।" तब तो वह योगी जोर से विलाप करते हुए कहने लगा- "मैंने इतना ध्यान किया है कि मेरे चारों ओर दीमक का ढेर लग गया, फिर भी मुझे और चार जन्म लेने पड़ेंगे!"

नारद जी इसके बाद दूसरे व्यक्ति के पास गए। उसने भी पूछा- "क्या आपने मेरी बात भगवान से पूछी थी?" नारद जी बोले, "हाँ, भगवान ने कहा है कि उसके सामने जो इमली का पेड़ है, उसके जितने पत्ते हैं, उतनी बार उसको जन्म लेना पड़ेगा।" यह बात सुनकर वह व्यक्ति आनंद से भरकर नृत्य करने लगा और बोला- "मैं इतने कम समय में मुक्ति प्राप्त करूँगा!" तब एक देववाणी हुई- "मेरे बच्चे, तुम इसी क्षण मुक्ति प्राप्त करोगे।" वह दूसरा व्यक्ति इतना अध्यवसायसंपन्न था! इसी कारण उसे वह पुरस्कार मिला। वह इतने जन्म साधना करने के लिए तैयार था। कुछ भी उसे उद्योगशून्य न कर सका। किंतु पहला व्यक्ति चार जन्मों की ही बात सुनकर बुरी तरह घबरा गया। जो व्यक्ति मुक्ति के लिए सैकड़ों युग तक प्रतीक्षा करने को तैयार था, उसके समान अध्यवसाय संपन्न होने पर ही उच्चतम फल की प्राप्ति होती है।

ईश्वरीय स्वरूप का अनुभव

लॉस एंजिलिस, कैलिफोर्निया में दिए गए भाषण 'क्रियात्मक आध्यात्मिकता के प्रति संकेत' से उद्धृत अंश

आध्यात्मिक जीवन का सबसे बड़ा सहायक 'ध्यान' है। ध्यान के माध्यम से हम अपनी समस्त भौतिक भावनाओं से अपने आपको स्वतंत्र कर लेते हैं और अपने ईश्वरीय स्वरूप का अनुभव करने लगते हैं। ध्यान करते समय हमें कोई बाहरी साधनों पर आश्रित नहीं रहना पड़ता। गहन अंधकार वाले स्थान को भी आत्मा की ज्योति दिव्य प्रकाश से भर देती है, बुरी से बुरी वस्तु में भी वह अपना सौरभ उत्पन्न कर सकती है, वह अत्यंत दुष्ट व्यक्ति को भी देवता बना देती है और संपूर्ण स्वार्थी भावनाएँ, संपूर्ण शत्रुभाव नष्ट हो जाते हैं। शरीर का जितना कम ख्याल किया जाए उतना ही अच्छा, क्योंकि यह शरीर ही है, जो हमें नीचे गिराता है। इस शरीर से आसक्ति और उससे तादात्म्य ही हमारे दुःखों का मूल कारण है। 'मैं आत्मा हूँ, मैं शरीर नहीं हूँ; यह विश्व और उसके सभी संबंध, उसकी भलाई और उसकी बुराई, यह सब एक चित्रावली चित्रपट पर खिंचे हुए विभिन्न दृश्य हैं और मैं उनका साक्षी हूँ'- यह निदिध्यासन ही धर्मजीवन का रहस्य है।

ध्यान द्वारा महर्षि-पद-प्राप्ति

31 जनवरी, 1900 ई. को कैलिफोर्निया के पॅसाडेना नामक स्थान में शेक्सपियर क्लब में दिए गए भाषण से उद्धृत अंश

प्राचीन काल में किसी घने वन-प्रदेश में एक युवक निवास करता था। वह बहुत बलवान और दृढ़ था। जब वह किसी भी प्रकार से अपने परिवारजनों का भरण-पोषण करने में सफल न हुआ, तब अंततः उसने दस्यु-वृत्ति स्वीकार कर ली। अब वह राहगीरों पर आक्रमण करता और उनकी संपत्ति लूटकर अपने माता-पिता और स्त्री-पुत्रादि का भरण-पोषण करता। इस प्रकार कई वर्ष बीत गए।

उसी दस्यु ने एक बार नारद नामक महर्षि पर आक्रमण किया। महर्षि ने उससे पूछा- "तुम मुझे क्यों लूट रहे हो? लोगों का धन अपहरण करना और

उनका वध करना तो बड़ा जघन्य दुष्कृत्य है। तुम क्यों यह पाप संचय कर रहे हो?" दस्यु ने उत्तर दिया- "मैं इस अपहृत धन के द्वारा अपने परिवारजनों का पालन करता हूँ।" देवर्षि नारद ने यह सुनकर कहा- "दस्यु युवक! अच्छा तुमने कभी इस बात पर भी विचार किया है कि क्या तुम्हारे परिवारजन तुम्हारे पाप में भी सहभागी होंगे?" दस्यु कहने लगा- "निश्चय ही वे सब मेरे पाप का भाग भी ग्रहण करेंगे।" इस पर देवर्षि ने कहा- "अच्छा, तुम एक काम करो। मुझे इस वृक्ष से बाँध दो और घर जाकर अपने परिवारजनों से जरा पूछो तो कि जिस प्रकार वे तुम्हारे पाप के आचरण द्वारा प्राप्त वित्त का उपभोग करते हैं, उसी प्रकार क्या तुम्हारे पापों का अंश भी ग्रहण करेंगे?"

इस पर दस्यु सबसे पहले अपने पिता के पास पहुँचा और पूछा- "पिताजी, क्या आप जानते हैं, मैं किस प्रकार आपका पालन-पोषण करता हूँ?" पिता ने उत्तर दिया-"नहीं तो।" तब वह बोला- "मैं दस्यु हूँ- राहगीरों को काल के पास पहुँचाकर मैं उनका धन अपहृत करता हूँ।" पिता बोला- "नीच! तू मेरा बेटा होकर यह पाप-कृत्य करता है! दूर हट मेरे सामने से।" तब उसने अपनी माँ के पास पहुँचकर कहा- "माँ, क्या तुम जानती हो, मैं किस प्रकार तुम्हारा भरण-पोषण करता हूँ।" उसने कहा- "नहीं तो।" उसने बताया- "लूट और हत्या से।" माँ यह सुनते ही चीत्कार कर बोल उठी-" आह! कितना घोर दुष्कर्म!" लेकिन दस्यु ने पूछा- "पर माँ! क्या तुम मेरे पाप का भी भाग ग्रहण करोगी?" माँ ने क्रोधित होकर कहा, "कौन मैं? मैं क्यों तुम्हारे पाप का भाग ग्रहण करूँ? मैंने थोड़े ही किसी को लूटा है!"

माँ का उत्तर सुनने के बाद दस्यु चुपचाप अपनी पत्नी के पास पहुँचा। उसने पुनः वही प्रश्न दुहराया- "क्या तुम जानती हो, मैं किस प्रकार तुम्हारी आर्थिक आवश्यकताओं की पूर्ति करता हूँ?" जब पत्नी ने भी 'नहीं' कहा, तो दस्यु बोला- "तो सुन लो। मैं एक दस्यु हूँ- एक डाकू और लुटेरा हूँ। वर्षों से मैं राहगीरों को लूट-लूटकर तुम सबका भरण-पोषण कर रहा हूँ। और आज मैं तुमसे यह पूछने आया हूँ कि क्या तुम मेरे पाप में मेरी सहभागी बनोगी?" पत्नी ने तुरंत

उत्तर दिया, "नहीं- बिलकुल नहीं! तुम मेरे पति हो और मेरा पालन करना तुम्हारा कर्तव्य है।"

दस्यु की आँखें खुल गईं। उसने कहा- "यह है इस संसार की रीति! जिनके लिए मैं यह पाप-कर्म कर रहा हूँ, वे मेरे अपने भी मेरे प्रारब्ध के भागी नहीं होंगे।" वह उस स्थान पर आया, जहाँ उसने देवर्षि को बाँध रखा था और उन्हें बंधन से मुक्त करके उनके चरणों में गिरकर शुरू से अंत तक की सारी घटना सुनाकर बोला, "प्रभु! मेरी रक्षा करो- मैं क्या करूँ?"

देवर्षि नारद बोले- "इस पापपूर्ण दस्युवृत्ति का परित्याग कर दो। तुमने देख लिया कि तुम्हारे परिवारजनों में कोई भी तुमसे सच्चा प्रेम नहीं करता। अतः इन सब मोहपूर्ण भ्रांतियों को त्याग दो। तुम्हारे परिवारजन तुम्हारे ऐश्वर्य में तुम्हारा साथ देंगे, पर जिस पल उन्हें ज्ञात हो जाएगा कि तुम दरिद्र हो गए हो, उसी क्षण वे तुम्हें छोड़कर चले जाएँगे। वे तुम्हारे शुभ के भागी तो हैं, परंतु अशुभ का साथी कोई नहीं होना चाहता। इसलिए उसकी उपासना करो, जो पाप-पुण्य सभी स्थितियों में हमारा साथ देता है। वह हमारा परित्याग कभी नहीं करता, क्योंकि प्रेम कभी नीचे नहीं गिराता, उसमें विनिमय नहीं होता, वह स्वार्थपरता से बहुत दूर रहता है।"

इसके बाद देवर्षि ने उसको ईश्वर की उपासना की विधि सिखाई और वह सर्वस्व परित्याग कर वन प्रदेश में साधना करने चला गया। वहाँ ईश्वर की उपासना और ध्यान में वह धीरे-धीरे इतना लीन हो गया कि उसे शरीर का ज्ञान भी न रहा, यहाँ तक कि दीमकों ने उसके शरीर पर अपने वल्मीक बना लिए और उसे इसका आभास तक न हुआ।

अनेक वर्ष बीत जाने पर एक दिन दस्यु को यह गंभीर ध्वनि सुनायी पड़ी- 'उठिए, महर्षि, उठिए।' वह चकित होकर बोल उठा- "महर्षि नहीं, मैं तो एक अधम दस्यु हूँ।" फिर वही गंभीर ध्वनि उसे सुनायी दी- "अब तुम दस्यु नहीं रहे, अब तुम्हारा हृदय पवित्र हो गया है, तुम अब तपोपूत महर्षि हो और आज से

तुम्हारे पापों के नाश के साथ-साथ तुम्हारा वह पुराना नाम भी लुप्त जो जाएगा। तुम्हारी समाधि इतनी गहरी थी, तुम ईश्वर-ध्यान में इतने लीन हो गए थे कि तुम्हारे शरीर के चारों ओर जो वल्मीक बन गए,

उनका तुम्हें ज्ञात तक न हुआ। इसलिए आज से तुम वाल्मीकि के नाम से विख्यात हुए।" इस प्रकार वह महर्षि बन गया।

ध्यान के सोपान

3 अप्रैल, 1900 ई. को सैन फ्रांसिस्को में वाशिंगटन हॉल में दिए गए व्याख्यान से उद्धृत अंश

ध्यान के तीन सोपान होते हैं। पहला सोपान वह है, जिसे धारणा कहते हैं, किसी वस्तु पर चित्त को ठहराना। मैं इस गिलास पर अपना चित्त एकाग्र करता हूँ और गिलास के अलावा अन्य प्रत्येक वस्तु को उससे बाहर रखता हूँ। किंतु मन चंचल है। पर जब वह दृढ़ हो जाता है और उतना अधिक चंचल नहीं रहता, तब ध्यान कहलाता है। यही दूसरा सोपान है। और जब मेरे तथा गिलास के मध्य का भेद मिट जाता है, तब उससे भी उच्चतर अवस्था होती है- समाधि या स्वरूपशून्यता जो कि तीसरा सोपान है। चित्त और गिलास में अभेद हो जाता है। मुझे कोई भेद नहीं दिखायी पड़ता। सभी इंद्रियाँ रुक जाती हैं और अन्य इंद्रियों के अन्य प्रवाह-मार्गों में सक्रिय शक्तियाँ चित्त में केंद्रीभूत हो जाती हैं। तब यह गिलास पूर्ण रूप से मन की शक्ति के अधीन हो जाता है। इसे ही प्राप्त करना है। यह एक जबरदस्त खेल है, जिसे योगी खेलते हैं। निश्चित मान लो कि बाह्य वस्तु का अस्तित्व है। तब जो सचमुच हमसे बहिर्निष्ठ है, वह वह नहीं है, जिसे हम देखते हैं। जिस गिलास को मैं देखता हूँ, वह निश्चय ही बाह्य वस्तु नहीं है। जो कोई बाह्य वस्तु गिलास में है, उसे मैं नहीं जानता और न कभी जान पाऊँगा।

ध्यान से विश्राम-प्राप्ति

3 अप्रैल, 1900 ई. को सैन फ्रांसिस्को में वाशिंगटन हॉल में दिए गए व्याख्यान से उद्धृत अंश

ध्यान का अर्थ यह है कि मन को मोड़कर मन में ही लगा दिया जाए। यदि मन की समस्त विचार-तरंगें रुक जाएँ, तो संसार रुक जाएगा। तुम्हारी चेतना विस्तृत होती है। जितनी बार तुम ध्यान करोगे, उतना ही अधिक तुम्हारा विकास होगा।... थोड़ा और अध्यवसाय करो, लगातार बढ़ाते जाओ और ध्यान जम जाएगा। तुमको शरीर या अन्य किसी वस्तु का आभास न होगा। जब तुम ध्यान-काल के उपरांत उससे उठोगे, तब तुमको प्रतीत होगा कि जीवन-काल की सबसे सुंदर विश्रांति मिली है। तुम अपने शरीर को जब कभी विश्राम देते हो, तो उसका वही एकमात्र उपाय है। गहरी से गहरी निद्रा से भी उतना विश्राम नहीं मिलेगा, जितना ध्यान से मिलेगा। मन प्रगाढ़तम निद्रा में भी उछलता-कूदता रहता है। ध्यान के उन कुछ क्षणों में तुम्हारा मस्तिष्क लगभग रुक जाता है। थोड़ी-सी जीवनी शक्ति बनी रहती है। तुम शरीर को भूल जाते हो। तुम बोटी-बोटी काट डाले जाओ, फिर भी तुमको लेशमात्र अनुभव न हो। उसमें तुमको इतना आनंद प्राप्त होगा। तुम इतने हल्के हो जाओगे। यह पूर्ण विश्रांति हमें ध्यान में मिलेगी।

क्रिया-प्रतिक्रिया

3 अप्रैल, 1900 ई. को सैन फ्रांसिस्को में वाशिंगटन हॉल में दिए गए व्याख्यान से उद्धृत अंश

हर समय तुम बंधन की सृष्टि कर रहे हो। किस प्रकार? अपना अंश प्रदान करके हम लोग अपनी शय्याओं का निर्माण कर रहे हैं, अपनी ही बेड़ियों की सृष्टि कर रहे हैं।...जब बाह्य वस्तु और स्वयं मेरे अपने बीच की तादात्म्य वृत्ति

का अंत हो जाने पर मैं अपना भाग निकाल सकता हूँ और वह वस्तु लुप्त हो जाएगी। ...तब मैं कहूँगा, 'यह गिलास है' और फिर अपना मन हटा लूँगा और वह लुप्त हो जाएगा। ..यदि तुम अपना भाग निकाल सको, तो तुम जल पर चल सकते हो। फिर वह तुमको क्यों डुबाये? विष है तो क्या? अब और कठिनाइयाँ नहीं। प्रकृति की प्रत्येक दिखने वाली क्रिया में तुम्हारा योगदान कम-से-कम आधा होता है और आधा प्रकृति का होता है। यदि तुम्हारा आधा निकाल लिया जाए, तो वस्तु का अंत अवश्य हो जाए।

प्रत्येक क्रिया की समान प्रतिक्रिया होती है। अगर कोई व्यक्ति मुझ पर प्रहार करता है और मुझे चोट पहुँचाता है, तो वह उस व्यक्ति की क्रिया और मेरे शरीर की प्रतिक्रिया है। मान लो, शरीर पर मेरा इतना अधिकार हो कि मैं उस स्वचालित क्रिया का विरोध कर सकूँ। क्या ऐसी सामर्थ्य प्राप्त की जा सकती है? शास्त्रों का कहना है कि हो सकता है। यदि तुमको (यह) दैवात् मिल गया, तो चमत्कार है। यदि तुम इसे वैज्ञानिक ढंग से ज्ञात करो, तो योग है।

हम एक और उदाहरण लें। तुम किसी झील के तरंगविहीन धरातल पर पत्थर गिरा रहे हो। प्रत्येक पत्थर के गिराने के बाद एक प्रतिक्रिया होती है। झील की छोटी तरंगों से पत्थर ढक जाता है। इसी तरह बाह्य वस्तुएँ इस मनोह्रद में गिरने वाले पत्थरों के समान हैं। अतः हम वास्तव में बाह्य वस्तु नहीं देखते, हम केवल तरंग देखते हैं।

ध्यान की शक्ति

3 अप्रैल, 1900 ई. को सैन फ्रांसिस्को में वाशिंगटन हॉल में दिए गए व्याख्यान से उद्धृत अंश

ध्यान की शक्ति हमें सब कुछ प्राप्त करा देती है। अगर तुम प्रकृति पर अधिकार चाहते हो, तो तुम ध्यान द्वारा उसे प्राप्त कर सकते हो। ध्यान की शक्ति के द्वारा ही आज तमाम वैज्ञानिक तथ्यों की खोज की जाती है। वे विषय का अध्ययन करते

हैं और सब कुछ भूल जाते हैं, स्वयं अपनी सुध तथा प्रत्येक वस्तु को भूल जाते हैं और तब वह महान तथ्य प्रकाश की तरह कौंधता हुआ आता है। कुछ लोग सोचते हैं कि वह अंतःस्फुरण है। जिस प्रकार बहिःस्फुरण नहीं है, उसी प्रकार कोई अंतःस्फुरण नहीं है और कभी कोई वस्तु मुफ्त में नहीं मिली।

ईसा का कार्य उच्चतम तथाकथित अंतःस्फुरण था। पूर्व जन्मों में उन्होंने युग-युग तक अध्यवसाय किया। यह उनके पूर्व कर्मों, अध्यवसायपूर्ण कर्मों का फल था। अंतःस्फुरण की बातें कहना पूर्णतया मूर्खतापूर्ण है। यदि वैसा कुछ होता, तो वह जलवृष्टि के समान झड़ने लगती। किसी भी विचार-क्षेत्र में अंतःस्फुरण संपन्न व्यक्ति केवल उन्हीं राष्ट्रों में मिलते हैं, जिनमें सामान्य शिक्षा और संस्कृति होती है। कोई अंतःस्फुरण नहीं होता।... जिसे अंतःस्फुरण मान लिया जाता है, वह वस्तुतः उन कारणों का परिणाम है, जो मन में पहले से ही मौजूद रहते हैं। एक दिन परिणाम के रूप में प्रकाश कौंध जाता है! उनका पूर्व कर्म ही कारण था।

उसमें भी तुमको ध्यान-शक्ति और विचारों की तीव्रता दिखाई पड़ती है। ये लोग अपनी ही आत्मा को मथ डालते हैं। महान सत्य सतह से ऊपर उठ आते हैं और व्यक्त- हो जाते हैं। इसलिए ध्यान का अभ्यास ज्ञान की महती वैज्ञानिक पद्धति है। ध्यान-शक्ति के बगैर कोई ज्ञान नहीं होता। ध्यान द्वारा हम अज्ञान, कुसंस्कार आदि रोगों से संप्रति मुक्त हो सकते हैं, अधिक नहीं। मान लो कि एक व्यक्ति ने मुझसे कहा है- "यदि आप इस तरह का विष-पान करेंगे, तो आप मर जाएँगे," और दूसरा व्यक्ति रात में आकर कहता है- "जाइए, विष पी लीजिए!" और मैं नहीं मरता तब जो होता है, वह इस प्रकार है- मेरे मन ने विष तथा स्वयं मेरे बीच की तादात्म्य वृत्ति को बस उतने समय के लिए ध्यान से काट दिया। दूसरी बार विष पीने से मैं मर जाऊँगा।

ध्यान : एक विज्ञान

3 अप्रैल, 1900 ई. को सैन फ्रांसिस्को में वाशिंगटन हॉल में दिए गए व्याख्यान से उद्धृत अंश

आत्मा, मन और भौतिक पदार्थों आदि की कोई वास्तविक सत्ता नहीं है।... जो कुछ सत् है, वह एक है। वह अनेक नहीं हो सकता। विज्ञान और ज्ञान का यही तात्पर्य है। अज्ञान अनेकता देखता है जबकि ज्ञान एक का साक्षात्कार करता है। अनेक को एक में रूपान्तरित करना विज्ञान है।... समस्त संसार को एक सिद्ध किया गया है। उस विज्ञान को वेदांत का विज्ञान कहा जाता है। समस्त जगत एक है। इस समस्त प्रतीयमान विविधता में वही एक व्याप्त है।

इस समय हमारे समक्ष ये सब विविधताएँ हैं और उन्हें हम देखते हैं- उन्हें हम पंचभूत कहते हैं- पृथ्वी, जल, अग्नि, वायु और आकाश। इसके परे सत्ता की अवस्था मानसिक है और उसके भी परे है आध्यात्मिक। यह नहीं है कि आत्मा एक है, मन दूसरा है, आकाश उससे पृथक है आदि। सत्ता एक ही है, जो इन सभी विविधताओं में दिखाई पड़ती है। ध्यान वह अभ्यास है जिसमें सब कुछ उस परम सत्य आत्मा में घुला दिया जाता है। पृथ्वी जल में रूपांतरित होती है, जल वायु में, वायु आकाश में, तब मन और फिर वह मन भी विलीन हो जाता है। सब आत्मा ही है।

कुछ योगियों का दावा है कि यह शरीर द्रव आदि बन जाएगा। तुम उसे कुछ भी बनाने में समर्थ हो सकते हो, उसे छोटा अथवा वायु बना सकते हो, दीवार में प्रवेश करा सकते हो- ऐसा उनका दावा है। मैंने ऐसा करते किसी को नहीं देखा है। किंतु ग्रंथों में ऐसा लिखा है। उन ग्रंथों पर विश्वास न करने का हमारे पास कोई कारण नहीं है। हममें से कुछ संभवतः इसको इसी जीवन में करने में समर्थ होंगे। हमारे पूर्व कर्मों के फलस्वरूप वह प्रकाश के समान कौंध पड़ता है। कौन जानता है, पर यहाँ कुछ प्राचीन योगी हैं, जिन्हें पूरे कार्य की समाप्ति में थोड़ा ही करना बाकी रह गया है। अभ्यास करो!

ध्यान, तुम जानते हो, कल्पना की प्रक्रिया से आता है, तुम तत्वशोधन की इन अनेक प्रक्रियाओं से होकर बढ़ो, एक को दूसरे में रूपांतरित करते जाओ, फिर उसको अपने से ऊँचे में, फिर उसको मन में, फिर उसको आत्मा में और तब तुम आत्मा हो जाओ। तत्वों का यह शोधन भूत-शुद्धि के नाम से जाना जाता

है। यह कर्मकांड उपासना का एक अंग है। इसमें उपासक यह अनुभव करने का प्रयास करता है कि वह पृथ्वी, जल, अग्नि, वायु और आकाश को उनके सूक्ष्म तत्वों के माध्यम से लय कर रहा है।

मैं राम कभी नहीं हूँ। ईश्वर के साथ, ईश्वर के सगुण रूप के साथ कभी एकाकार नहीं हूँ परंतु ब्रह्म के साथ, निर्गुण, सर्वव्यापी सत्ता के साथ मैं एकाकार हूँ। यह मृत्तिका का विशाल पिंड है। उस मृत्तिका में से मैंने एक छोटा चूहा बनाया और तुमने छोटा हाथी। दोनों ही मृत्तिका हैं। दोनों को बिगाड़ दो। दोनों अनिवार्यतः एक हैं। मैं और मेरे पिता एक ही हैं। लेकिन मिट्टी का चूहा कभी मिट्टी के हाथी के साथ एकाकार नहीं हो सकता।

पवहारी बाबा

रचनानुवाद 'पवहारी बाबा' से उद्धृत अंश

एक चोर की कथा प्रत्येक ने सुनी है कि एक बार एक चोर पवहारी बाबा के आश्रम में चोरी करने घुसा, किंतु इन संत को देखते ही वह भयभीत होकर चुराए हुए सामान की गठरी वहीं फेंककर भाग गया। संत वह गठरी लिए उस चोर के पीछे मीलों दौड़कर उसके पास जा पहुँचे। उन्होंने वह गठरी उस चोर के पैरों पर रखकर हाथ जोड़कर प्रणाम किया और इस बात के लिए सजल नेत्रों से क्षमा माँगी कि उसके उस चोरी के कार्य में वे बाधक हुए। फिर वे बड़ी कातरता के साथ उससे कहने लगे- "तुम यह सब सामान ले लो, क्योंकि यह तुम्हारा ही है, मेरा नहीं।"

हमने विश्वस्त व्यक्तियों से यह कथा भी सुनी है कि एक बार एक काले साँप ने उन्हें काट लिया। उसके बाद उनके मित्रों ने कई घंटों तक यही सोचा कि वे मर गए, पर अंततः वे होश में आ गए। जब उनके मित्रों ने उनसे इसके विषय में पूछा तो उन्होंने यही कहा, "यह नाग तो हमारे प्रियतम का दूत था।"

पवहारी बाबा की एक विशेषता यह थी कि वे जिस समय जो काम हाथ में लेते थे, वह चाहे कितना ही तुच्छ क्यों न हो, उसमें वे पूर्ण रूप से तल्लीन हो जाते थे। जिस प्रकार श्री रघुनाथ जी की पूजा वे पूर्ण

अंतःकरण से करते थे, उसी प्रकार एकाग्रता और लगन के साथ वे एक ताँबे का क्षुद्र बरतन भी माँजते थे। उन्होंने हमें कर्म-रहस्य के विषय में यह शिक्षा दी थी कि 'जस साधन तस सिद्धि' अर्थात् 'ध्येय-प्राप्ति के साधनों से वैसा ही प्रेम रखना चाहिए मानो वे स्वयं ही ध्येय हों।' और वे स्वयं इस महान सत्य के सर्वोत्तम उदाहरण थे।

लेखक ने एक समय इन संत से पूछा था कि संसार की सहायता करने के लिए वे अपनी गुफा से बाहर क्यों नहीं आते। पहले तो उन्होंने अपनी स्वाभाविक विनयशीलता एवं विनोदप्रियता के अनुरूप स्पष्ट उत्तर दिया। इसके बहुत दिनों बाद इसी विषय पर फिर प्रश्न करने पर उन्होंने गंभीर भाव से उत्तर दिया- "तुम्हारी क्या ऐसी धारणा है कि केवल स्थूल शरीर द्वारा ही दूसरों की सहायता हो सकती है? क्या शरीर के क्रियाशील हुए बिना केवल मन ही दूसरों के मन की सहायता नहीं कर सकता?"

इसी प्रकार एक अवसर पर जब उनसे पूछा गया कि इतने श्रेष्ठ योगी होते हुए भी वे होमादि क्रिया तथा श्री रघुनाथ की पूजा आदि कर्म, जो साधना की केवल आरंभिक अवस्था के लिए समझे जाते हैं, क्यों करते हैं, तो उन्होंने उत्तर दिया- "तुम यही क्यों समझ लेते हो कि प्रत्येक व्यक्ति अपने निज के कल्याण के लिए ही कर्म किया करता है? क्या एक व्यक्ति दूसरों के लिए कर्म नहीं कर सकता?"

गौतम बुद्ध

अंग्रेजी के विवेकानन्द साहित्य, खंड-3 के पेज 525 से उद्धृत अंश का अनुवाद

जब सिद्धार्थ गौतम बुद्ध हो गए तब वे इतने पवित्र थे कि दूर से भी जो कोई उनका दर्शन करता वह तुरंत आनुष्ठानिक धर्म को छोड़कर भिक्षु बनकर बच

निकलता था। अतएव देवताओं ने सभा की। उन्होंने कहा, 'हम तो गए काम से।' क्योंकि अधिकतर देवता अनुष्ठानों के सहारे रहते थे। ये यज्ञ देवताओं के लिए होते थे और अब ये यज्ञ नहीं हो रहे थे। देवगण भूखे मर रहे थे और इसका कारण यह था कि उनका प्रभुत्व खत्म हो गया था।

अतः देवताओं ने कहा- "किसी भी प्रकार से हमें इस व्यक्ति का काम तमाम करना चाहिए। वह हमारे जीवन की अपेक्षा कहीं अधिक पवित्र है।" और तब देवगण आकर गौतम बुद्ध से बोले "भगवन! हम आपसे कुछ माँगने आए हैं। हम एक महायज्ञ करना चाहते हैं तथा हमारा ध्येय विशाल अग्नि प्रज्वलित करने का है। हम समस्त विश्व में किसी ऐसे पवित्र स्थान की खोज करते आ रहे हैं जहाँ हम अग्नि प्रज्वलित कर सकें किंतु ऐसा स्थान हम नहीं खोज सके। अब हमने वह स्थान खोज लिया है। यदि आप लेट जाएँ, तो आपकी छाती पर हम विशाल अग्नि प्रज्वलित करेंगे। बुद्ध ने कहा- "तथास्तु, ऐसा ही करो।"

इस प्रकार देवताओं ने बुद्ध की छाती पर उच्च शिखा की अग्नि प्रज्वलित की। उन्होंने सोचा कि बुद्ध के प्राण निकल गए, लेकिन बात ऐसी नहीं थी। तब देवगण अपने प्रयास में लगे रहे और बोलें- "हम तो हार गए।" फिर सभी देवता उन पर प्रहार करने लगे किंतु कुछ लाभ न हुआ। वे बुद्ध को मार नहीं सके। तब नीचे से यह आवाज आती है- "तुम लोग ये सभी व्यर्थ प्रयास क्यों कर रहे हो?"

देवगण बोले- "जो कोई भी तुम्हें देखता है वह पवित्र हो जाता है तथा उसका उद्धार हो जाता है। अब कोई भी हमारी पूजा नहीं करेगा।"

ध्वनि हुई- "तब तो तुम्हारा प्रयत्न विफल है, क्योंकि पवित्रता को कभी भी मारा नहीं जा सकता।"

समाधि का गीत

सूर्य भी नहीं है, ज्योति - सुंदर - शशांक नहीं,
छाया-सा व्योम में यह संसार नजर आता है।

मन-आकाश अस्फुट, भासमान संसार वहाँ
अहंकार-स्रोत ही में तिरता डूब जाता है।
धीरे-धीरे छायादल लय में समाया जब
धारा निज अहंकार मंदगति बहाता है।
बंद वह धारा हुई, शून्य में मिला है शून्य,
'अवाङ्गनसगोचरम्' वह जाने जो ज्ञाता है।

प्रश्नोत्तर

बेलूड़ मठ की डायरी से उद्धृत अंश

प्रश्न- गुरु किसे कह सकते हैं?

स्वामी जी- जो तुम्हारे भूत-भविष्य को बता सके, वे ही तुम्हारे गुरु हैं।

प्रश्न- भक्ति-लाभ किस प्रकार होता है?

स्वामी जी - भक्ति तो तुम्हारे भीतर ही है, केवल उसके ऊपर कामिनी-कांचन का एक आवरण-सा पड़ा हुआ है। उसको हटाते ही भीतर की वह भक्ति स्वयमेव प्रकट हो जाएगी।

प्रश्न- क्या कुंडलिनी नामक कोई वास्तविक वस्तु इस स्थूल शरीर के भीतर है?

स्वामी जी- गुरुदेव श्रीरामकृष्ण परमहंस कहते थे- "योगी जिन्हें पद्म कहते हैं, वस्तुतः वे मनुष्य के शरीर में नहीं हैं। योगाभ्यास से उनकी उत्पत्ति होती है।"

प्रश्न- क्या मूर्ति-पूजा के द्वारा मुक्ति-लाभ हो सकता है?

स्वामी जी- यद्यपि मूर्ति-पूजा से साक्षात मुक्ति की प्राप्ति नहीं हो सकती, तथापि वह मुक्ति-प्राप्ति में गौण कारणस्वरूप है, सहायक है। मूर्ति-पूजा की निंदा करना उचित नहीं, क्योंकि बहुतों के लिए मूर्ति-पूजा ही अद्वैत ज्ञान की उपलब्धि

के लिए मन को तैयार कर देती है। केवल इस अद्वैत-ज्ञान की प्राप्ति से ही मनुष्य मुक्त हो सकता है।

प्रश्न- मुक्ति क्या है?

स्वामी जी- मुक्ति का अर्थ है पूर्ण स्वाधीनता। शुभ तथा अशुभ, दोनों प्रकार के बंधनों से मुक्त हो जाना। सोने की कड़ा भी लोहे की कड़ा के समान ही है। गुरुदेव श्रीरामकृष्ण परमहंस कहते थे, पैर में काँटा चुभने पर उसे निकालने के लिए एक दूसरे काँटे की आवश्यकता होती है। काँटा निकल जाने पर दोनों काँटे फेंक दिए जाते हैं। इसी प्रकार सत्प्रवृत्ति के द्वारा असत प्रवृत्तियों का दमन करना पड़ता है, लेकिन बाद में सत्प्रवृत्तियों पर भी विजय प्राप्त करनी पड़ती है।

प्रश्न- वेदांत के लक्ष्य तक कैसे पहुँचा जा सकता है?

स्वामी जी- श्रवण, मनन और निदिध्यासन द्वारा वेदांत के लक्ष्य तक पहुँचा जा सकता है। किसी सद्गुरु से ही श्रवण करना चाहिए। चाहे कोई नियमित रूप से शिष्य न हुआ हो, पर यदि जिज्ञासु सुपात्र है और वह सद्गुरु के शब्दों का श्रवण करता है, तो उसकी मुक्ति हो जाती है।

प्रश्न- ध्यान कहाँ लगाना चाहिए- शरीर के भीतर या बाहर? मन को भीतर समेटना चाहिए या बाह्य प्रदेश में स्थापित करना चाहिए?

स्वामी जी- हमें भीतर ध्यान लगाने का प्रयास करना चाहिए। जहाँ तक मन के इधर-उधर भागने का प्रश्न है, मनोमय कोष में पहुँचने में लंबा समय लगेगा। अभी तो हमारा संघर्ष शरीर से है। जब आसन सिद्ध हो जाता है, तभी मन से संघर्ष शुरू होता है। आसन सिद्ध हो जाने पर अंग-प्रत्यंक निश्चल हो जाते हैं और साधक चाहे जितने समय तक बैठा रह सकता है।

प्रश्न- कभी-कभी जप से थकान महसूस होने लगती है। तब क्या उसकी जगह स्वाध्याय करना चाहिए अथवा उसी पर आरूढ़ रहना चाहिए?

स्वामी जी- दो कारणों से जप में थकान महसूस होती है। कभी-कभी मस्तिष्क थक जाता है और कभी-कभी आलस्य के कारण ऐसा होता है। यदि थकान मस्तिष्क के कारण है, तो उस समय कुछ क्षण तक जप छोड़ देना चाहिए, क्योंकि हठपूर्वक जप में लगे रहने से विभ्रम या विक्षिप्तावस्था आदि आ जाती है। लेकिन यदि आलस्य कारण है, तो मन को बलात जप में लगाना चाहिए।

प्रश्न- यदि मन इधर-उधर भागता रहे, तब भी क्या देर तक जप करते रहना ठीक है?

स्वामी जी- हाँ, उसी प्रकार जैसे यदि किसी बदमाश घोड़े की पीठ पर कोई अपना आसन जमाए रखे, तो वह उसे वश में कर लेता है।

प्रश्न- आपने अपने 'भक्तियोग' में लिखा है कि अगर कोई कमजोर व्यक्ति योगाभ्यास का प्रयास करता है, तो घोर प्रतिक्रिया होती है। तब क्या किया जाए?

स्वामी जी- यदि आत्मज्ञान के प्रयास में मर जाना पड़े, तो भय किस बात का! ज्ञानार्जन तथा अन्य बहुत-सी वस्तुओं के लिए मरने में व्यक्ति को भय नहीं होता और धर्म के लिए मरने में आप भयभीत क्यों हों?

प्रश्न- प्रार्थना की उपादेयता क्या है?

स्वामी जी- सोई हुई शक्ति प्रार्थना से सरलता से जाग उठती है और अगर सच्चे दिल से की जाए, तो सभी इच्छाएँ पूरी हो सकती हैं; लेकिन अगर सच्चे दिल से न की जाए, तो दस में से एक की पूर्ति होती है। किंतु इस तरह की प्रार्थना स्वार्थपूर्ण होती है, इसलिए वह त्याज्य है।

अनुभव तथा सत्यापन

1898 ई. में बेलूड़ मठ के निर्माण के समय शिष्यों से स्वामी जी की बातचीत से उद्धृत अंश

स्वामी जी- योग अनुष्ठान पर निर्भर है, उसे प्रत्यक्ष रूप से करना चाहिए। विश्वास करो अथवा न करो, अभ्यास करने से ही फल की प्राप्ति होती है। करके देखो, होता है या नहीं। मैंने वास्तव में देखा है, ऋषि-मुनियों ने जो कुछ कहा है वह सब सत्य है। यह देख, जिसे तू विचित्रता कह रहा है, वह एक समय लुप्त हो जाती है, अनुभूत नहीं होती। यह मैंने स्वयं अपने जीवन में गुरुदेव रामकृष्ण परमहंस की कृपा से प्रत्यक्ष किया है।

शिष्य- ऐसा कब किया है?

स्वामी जी- एक दिन दक्षिणेश्वर के मंदिर उद्यान में श्रीरामकृष्ण ने मेरे हृदय के स्थान को स्पर्श किया। उनके स्पर्श करते ही मैंने देखा कि घर, कमरे, द्वार, खिड़कियाँ, बरामदे, वृक्ष, सूर्य, चंद्र- सभी मानो आकाश में उड़े जा रहे थे तथा मानो टुकड़े-टुकड़े होकर परमाणुओं तथा अणुओं में परिवर्तित हो रहे थे और अंततः आकाश में विलीन हो गए। धीरे-धीरे आकाश भी लुप्त हो गया, तदुपरांत मेरे अहंकार की चेतना भी लुप्त हो गई; आगे क्या हुआ, मुझे याद नहीं। पहले तो मैं भयभीत हो गया। उस स्थिति से लौटकर मैं पुनः घर, द्वार, खिड़कियाँ, बरामदे तथा अन्य वस्तुएँ देखने लगा। एक अन्य अवसर पर अमेरिका में एक झील के किनारे मुझे बिलकुल वैसी ही अनुभूति हुई थी।

शिष्य- क्या ऐसी स्थिति मस्तिष्क की विकृति से नहीं हो सकती? मैं यह नहीं समझ सकता कि ऐसी स्थिति की अनुभूति में प्रसन्नता की क्या बात है?

स्वामी जी- मस्तिष्क का पागलपन! तुम इसे ऐसा कैसे कह सकते हो जबकि यह स्थिति न तो रोगजनित उन्माद के कारण, न मद्यपान के नशे से और न ही अनेकविध विचित्र श्वास-अभ्यासों से उत्पन्न भ्रम है। किंतु यह अनुभूति सामान्य स्थिति वाले मनुष्य को ही होती है जब वह पूर्ण स्वस्थ तथा सचेत होता है। पुनः यह अनुभव वेदों के साथ संपूर्ण सामंजस्य रखता है। यह उच्च भावनाओं से प्रेरित प्राचीन आप्त ऋषियों तथा आचार्यों के अनुभूतिसंपन्न शब्दों से भी मेल खाता है।

अनासक्तता

'एकाग्रता और श्वास-प्रश्वास क्रिया' लेख से उद्धृत अंश

हमारे प्रायः समस्त क्लेशों का कारण हममें अनासक्ति की सामर्थ्य का अभाव है। इसलिए मन की एकाग्रता की सामर्थ्य के विकास के साथ-साथ हमें अनासक्ति की सामर्थ्य का विकास अवश्य करना चाहिए। सब ओर से मन को हटाकर किसी एक वस्तु में उसे आसक्त करना ही नहीं, बल्कि एक क्षण में उससे अनासक्त कर किसी अन्य वस्तु में स्थापित करना भी हमें अवश्य सीखना चाहिए। इसे निरापद बनाने के लिए इन दोनों का अभ्यास एक साथ बढ़ाना चाहिए।

यह मन का सुव्यवस्थित विकास है। मेरे विचार से तो शिक्षा का समस्त सार मन की एकाग्रता प्राप्त करना है, तथ्यों का संकलन नहीं। अगर मुझे फिर से अपनी शिक्षा शुरू करनी हो और इसमें मेरा वश चले, तो मैं तथ्यों का अध्ययन बिलकुल न करूँ। मैं मन की एकाग्रता और अनासक्ति का सामर्थ्य बढ़ाता और उपकरण के पूर्ण रूप से तैयार होने पर उससे इच्छानुसार तथ्यों का संकलन करता। बच्चे में मन की एकाग्रता और अनासक्ति का सामर्थ्य एक साथ विकसित होना चाहिए।

हमें चाहिए कि हम अपना मन वस्तुओं पर नियोजित करें, न कि वस्तुएँ हमारे मन को खींच लें। हमें प्रायः विवश होकर मन एकाग्र करना पड़ता है। हमारा मन विवश होकर विभिन्न वस्तुओं पर उनके किसी आकर्षक गुण के कारण जमने लगता है और हम उसका विरोध नहीं कर पाते। मन को वश में करने, अभीष्ट स्थान पर उसे लगाने के लिए विशेष प्रशिक्षण की जरूरत पड़ती है। दूसरे किसी तरीके से यह हो नहीं सकता। धर्म की साधना में मन को वश में करना आवश्यक है। इस साधना में हमें मन को मन में ही लगाना पड़ता है।

मन का अनुशीलन

'मनोविज्ञान का महत्त्व' शीर्षक लेख से उद्धृत अंश

मनोविज्ञान सब विज्ञानों का विज्ञान है और उसके बिना अन्य सब ज्ञान व्यर्थ है। अनियंत्रित और अनिर्दिष्ट मन हमें हमेशा उत्तरोत्तर नीचे की ओर घसीटता रहेगा। हमें चींथ डालेगा, हमें मार डालेगा और नियंत्रित तथा निर्दिष्ट मन हमारी रक्षा करेगा, हमें मुक्त करेगा। इसलिए वह अवश्य नियंत्रित होना चाहिए और मनोविज्ञान सिखाता है कि इसे कैसे करना चाहिए।

किसी पार्थिव विज्ञान के अध्ययन तथा विश्लेषण के लिए पर्याप्त आँकड़े जुटाए जाते हैं। इन तथ्यों का अध्ययन तथा विश्लेषण किया जाता है और परिणाम होता है, उस विज्ञान की जानकारी। लेकिन मन के अध्ययन तथा विश्लेषण के लिए कोई आँकड़े नहीं हैं, बाहर से उपलब्धि के लिए कोई ऐसे तथ्य नहीं हैं, जो समान रूप से सभी के लिए सुलभ हों। मन का विश्लेषण स्वयं उसी के द्वारा होता है। इसलिए सर्वश्रेष्ठ विज्ञान है मन का विज्ञान अर्थात् मनोविज्ञान।

गहन, गहन गहराई में वह यथार्थ मनुष्य आत्मा है। मन को अंतर्मुख कर लो और उससे संयुक्त हो जाओ। स्थायित्व की उस पीठिका से मन के इधर-उधर चक्कर काटने का निरीक्षण तथा तथ्यों का पर्यवेक्षण किया जा सकता है और यह हमें सभी व्यक्तियों में मिलेंगे। जो काफी गहराई तक पैठ सकते हैं, मात्र उन्हीं को इन तथ्यों तथा इन आँकड़ों का पता लग सकता है। उन तथाकथित बहुसंख्यक रहस्यवादियों में मन, उसके स्वभाव, शक्ति आदि के बारे में काफी मतभेद है। इसका कारण यह है कि ऐसे लोग गहन गहराई तक नहीं पहुँचते। अपने तथा दूसरों के मन की छोटी-मोटी क्रियाओं का अनुभव कर तथा इन सतही अभिव्यक्तियों के वास्तविक रूप को जाने बगैर उन्होंने इन सबको सार्वभौमिक सत्य के रूप में प्रकाशित किया है। प्रत्येक धार्मिक तथा रहस्यवादी सनकी के पास तथ्य, आँकड़े आदि हैं, जिनके विश्वसनीय कसौटी

होने का वह दावा करता है, लेकिन वास्तव में जो कमोवेश उसकी कल्पना के अलावा और कुछ नहीं है।

मन को वश में करने के लिए तुमको अवचेतन मन की गहराई में अवश्य जाना पड़ेगा, वहाँ जो विभिन्न संस्कार, विचार आदि एकत्रित हैं, उन्हें क्रमबद्ध करना पड़ेगा तथा उन पर नियंत्रण रखना पड़ेगा। यह पहला सोपान है। अवचेतन मन पर नियंत्रण से चेतन मन पर तुम्हारा नियंत्रण स्थापित हो जाएगा।

ध्यान हेतु निर्देश

1897 ई. को कलकत्ता में बागबाजार में स्व. बलराम बसु जी के भवन में स्वामी विवेकानन्द जी की अपने साथियों तथा शिष्यों से हुई बातचीत से उद्धृत अंश

स्वामी शुद्धानंद ने अपनी ओजस्विनी वाणी में ध्यान संबंधी एक छोटा-सा व्याख्यान दिया। तत्पश्चात स्वामी प्रकाशानंद आदि के उसी प्रकार व्याख्यान दे चुकने पर स्वामी जी वहाँ से बाहर बैठक में आ गए। उस समय संध्या होने में कोई घंटा भर शेष था। वहाँ सबके पहुँचने पर स्वामी विवेकानन्द जी ने कहा- “जिसको जो पूछना हो पूछो।”

शुद्धानंद स्वामी ने पूछा- महाराज, ध्यान का स्वरूप क्या है?

स्वामी जी- किसी विषय पर मन को एकाग्र करने को ही ध्यान कहा जाता है। यदि किसी एक विषय पर भी मन की एकाग्रता हो जाए तो वह एकाग्रता जिस विषय पर चाहो उस पर लगा सकते हो।

शिष्य- शास्त्र में विषय और निर्विषय भेद से दो प्रकार के ध्यान पाए जाते हैं। इनका क्या अर्थ है और इन दोनों में कौन श्रेष्ठ है?

स्वामी जी- पहले किसी एक विषय का आश्रय कर ध्यान का अभ्यास करना पड़ता है। किसी समय मैं एक छोटे-से काले बिंदु पर मन को एकाग्र करता था। कुछ दिन के अभ्यास के उपरांत वह बिंदु मुझे दीखना बंद हो गया

था। वह मेरे सामने है अथवा नहीं यह भी ध्यान नहीं रहता था। निवात समुद्र की तरह मन का संपूर्ण निरोध हो जाता था। ऐसी स्थिति में मुझे अतींद्रिय सत्य की परछाईं कुछ-कुछ दिखायी देती थी। अतः मेरा विचार है कि किसी सामान्य बाह्य विषय का भी आश्रय लेकर ध्यान करने का अभ्यास करने से मन की एकाग्रता होती है। जिसका जिसमें मन लगता है, उसी के ध्यान का अभ्यास करने से मन जल्दी एकाग्र हो जाता है। इसीलिए हमारे देश में इतने देव-देवी मूर्तियों के पूजने की व्यवस्था है। देव-देवी पूजा से ही शिल्प की उन्नति हुई है। ध्यान का बाहरी अवलंबन सबका एक नहीं हो सकता। जो जिस विषय के आश्रय से ध्यान-सिद्ध हो गया है, वह उस अवलंबन का ही वर्णन और प्रचार कर गया है। कालांतर में वे मन को स्थिर करने के लिए हैं, इस बात के भूलने पर लोगों ने इस बाहरी अवलंबन को ही श्रेष्ठ समझ लिया। उपाय में ही लोग लगे रह गए; उद्देश्य पर लक्ष्य कम हो गया। मन को वृत्तिहीन करना ही प्रधान उद्देश्य है; परंतु यह किसी विषय में तन्मय हुए बिना संभव नहीं है।

शिष्य- मनोवृत्ति पूर्णरूप से विषयाकार होने से उसमें ब्रह्म की धारणा कैसे हो सकती है?

स्वामी जी- वृत्ति पहले विषयाकार होती है, यह ठीक है; लेकिन इसके बाद उस विषय का कोई ज्ञान नहीं रहता, तब शुद्ध 'अस्ति' मात्र का ही बोध रहता है।

शिष्य- महाराज, मन की एकाग्रता को प्राप्त करने पर भी कामनाओं और वासनाओं का उदय क्यों होता है?

स्वामी जी- पूर्व संस्कार से ऐसा होता है! बुद्धदेव जब समाधि अवस्था प्राप्त करने को ही थे, उसी समय 'मार' अर्थात् कामदेव उनके सामने आया। 'मार' स्वयं कुछ भी नहीं था, वह मन के पूर्व संस्कार का ही छायारूप कोई प्रकाश था।

अलौकिक शक्तियाँ

1898 ई. में बागबाजार कलकत्ता में स्व. बलराम बसु जी के भवन में स्वामी विवेकानन्द की शिष्यों से हुई बातचीत से उद्धृत अंश

रात्रि के अधिक होने पर स्वामी जी सबके साथ नीचे की बैठक में उतर आए। उनके आसन ग्रहण करने पर सब उन्हें फिर घेरकर बैठ गए। अब सिद्धाई का प्रसंग शुरू हुआ।

स्वामी जी बोले- सिद्धाई या विभूति मन के थोड़े ही संयम से प्राप्त हो जाती है।

शिष्य को लक्ष्य करके वे बोले, "क्या तू औरों के मन की बात जानने की विद्या सीखेगा? चार-पाँच दिन में ही तुझे यह सिखा सकता हूँ।"

शिष्य ने पूछा- इससे क्या उपकार होगा?

स्वामी जी- इससे औरों के मन की बात जान सकेगा।

शिष्य ने पूछा- क्या इससे ब्रह्मविद्या लाभ करने में कोई सहायता मिलेगी?

स्वामी जी- कुछ भी नहीं।

शिष्य- तब वह विद्या सीखने से मेरा कोई प्रयोजन नहीं। किंतु आपने सिद्धाई के विषय में जो कुछ प्रत्यक्ष किया है या देखा है, उसको सुनने की इच्छा है।

स्वामी जी- गुरुदेव श्रीरामकृष्ण सिद्धाइयों की अत्यधिक निंदा करते थे। वे कहते थे कि इन शक्तियों के प्रकाश की ओर मन लगाए रखने से कोई परमार्थ को नहीं पहुँचता; लेकिन व्यक्ति का मन ऐसा दुर्बल है कि गृहस्थों का तो कहना ही क्या, साधुओं में भी चौदह आने लोग सिद्धाई के उपासक होते हैं। पाश्चात्य देशों में लोग साधुओं को देखकर निर्वाक् हो जाते हैं। सिद्धाई लाभ करना बुरा है और वह धर्म के मार्ग में विघ्न डालता है। श्री रामकृष्ण के कृपापूर्वक समझाने

के कारण ही मैं यह बात समझ सका हूँ। क्या तुमने देखा नहीं कि श्री गुरुदेव की संतानों में से कोई उधर ध्यान नहीं देता?

समाधि का रहस्य

1898 ई. में बेलूड़ में किराए के मठ में स्वामी विवेकानन्द की शिष्यों से हुई बातचीत से उद्धृत अंश

शिष्य- तो क्या निःशेष समाधि अथवा परम निर्विकल्प समाधि प्राप्त होने पर, कोई फिर अहं ज्ञान का आश्रय लेकर द्वैतभाव के राज्य में, इस संसार में नहीं लौट सकता?

स्वामी जी- गुरुदेव श्री रामकृष्ण कहते थे कि एकमात्र अवतारी पुरुष ही जीव की हित कामना कर ऐसी समाधि से लौट सकते हैं। सामान्य जीवों का फिर व्युत्थान नहीं होता। केवल इक्कीस दिन तक जीवित रहने के बाद उनका शरीर सूखे पत्ते के समान संसार रूपी वृक्ष से झड़कर गिर पड़ता है।

शिष्य- मन के विलुप्त होने पर जब समाधि होती है, मन में जब कोई लहर शेष नहीं रह जाती, तब फिर विक्षेप अर्थात् अहं ज्ञान का आश्रय लेकर संसार में लौटने की क्या संभावना? जब मन ही नहीं रहा तब कौन या किस कारण समाधि अवस्था को छोड़कर द्वैतराज्य में उतरकर आएगा?

स्वामी जी- वेदांत शास्त्र का तात्पर्य यह है कि निःशेष निरोध समाधि से पुनरावृत्ति नहीं होती; यथा- **अनावृत्तिः शब्दात्।** किंतु अवतारी लोग जीवों के हित के निमित्त एक-आध सामान्य वासना रख लेते हैं। उसी के आश्रय से ज्ञानातीत अद्वैतभूमि से वे 'मैं-तुम' की ज्ञानमूलक द्वैतभूमि में उतर आते हैं।

शिष्य- लेकिन महाराज, यदि एक-आध वासना भी रह जाए तो उसे निःशेष निरोध समाधि अवस्था कैसे कह सकते हैं? क्योंकि शास्त्र में कहा है कि निःशेष निर्विकल्प समाधि में मन की सभी वृत्तियाँ, सभी वासनाएँ निरुद्ध या ध्वंस हो जाती हैं।

स्वामी जी- तब महाप्रलय के बाद तो फिर सृष्टि ही कैसे होती है? महाप्रलय में भी तो सब कुछ ब्रह्म में लय हो जाता है। किंतु लय होने पर भी शास्त्र में सृष्टि-प्रसंग सुनने में आता है- सृष्टि और लय प्रवाहाकार से पुनः चलते रहते हैं। महाप्रलय के उपरांत सृष्टि और लय के पुनरावर्तन के समान अवतारी पुरुषों का निरोध और व्युत्थान भी अप्रासंगिक क्यों होगा?

ओज की महत्ता

'आध्यात्मिक प्राण का संयम' अध्याय से उद्धृत अंश

बाह्य जगत में जो शक्ति विद्युत या चुंबकीय शक्ति के रूप में प्रकाशित हो रही है, वही क्रमशः आभ्यंतरिक शक्ति में परिणत हो जाएगी। आज जो शक्तियाँ पेशियों में कार्य कर रही हैं, कल वे ही ओज के रूप में परिणत हो जाएँगी। योगी कहते हैं कि मानव में जो शक्ति काम-क्रिया, काम-चिंतन आदि रूपों में प्रकाशित हो रही है, उसका दमन करने पर वह सहज ही ओज में बदल जाती है। योगी दावा करते हैं कि मनुष्य-देह में जितनी शक्तियाँ हैं, उनमें ओज सर्वोत्कृष्ट कोटि की शक्ति है।

यह ओज मस्तिष्क में संचित रहता है, जिसके मस्तक में ओज जितनी अधिक मात्रा में रहता है, वह उतना ही अधिक बुद्धिमान तथा आध्यात्मिक बल से बली होता है। एक मनुष्य बड़ी सुंदर भाषा में सुंदर भाव व्यक्त करता है, किंतु लोग आकृष्ट नहीं होते। और दूसरा मनुष्य न सुंदर भाषा बोल सकता है, न सुंदर ढंग से भाव व्यक्त कर सकता है, लेकिन फिर भी लोग उसकी बात से मुग्ध हो जाते हैं। वह जो कार्य करता है उसी में महाशक्ति का विकास देखा जाता है। ऐसी है ओज की शक्ति। यह ओज थोड़ी-बहुत मात्रा में, सभी लोगों में विद्यमान है। मानव देह में जितनी शक्तियाँ क्रियाशील हैं, उनका उच्चतम विकास यह ओज है।

मानव देह का सबसे नीचे वाला केंद्र ही इस शक्ति का नियामक होने के कारण योगी इसकी ओर विशेष ध्यान देते हैं। वे समस्त काम-शक्ति को ओज

में परिणत करने का प्रयास करते हैं। 'काम' पर विजय पाने वाले स्त्री-पुरुष ही इस ओज को मस्तिष्क में संचित कर सकते हैं। इसी कारण ब्रह्मचर्य ही सदा सर्वश्रेष्ठ धर्म माना गया है। मनुष्य यह अनुभव करता है कि यदि वह कामुक हो, तो उसका सारा धर्मभाव चला जाता है, चरित्र-बल और मानसिक तेज नष्ट हो जाता है। इसी कारण देखोगे, संसार में जिन-जिन संप्रदायों में बड़े-बड़े धर्मवीर उत्पन्न हुए हैं, उन सभी संप्रदायों ने ब्रह्मचर्य पर विशेष बल दिया है। इसी कारण विवाह-त्यागी संन्यासी-दल की उत्पत्ति हुई है।

इस ब्रह्मचर्य का पूर्ण रूप से अर्थात् तन-मन-वचन से पालन करना अति आवश्यक है। ब्रह्मचर्य के बिना राजयोग की साधना बड़े खतरे की है क्योंकि उससे अंत में मस्तिष्क का विषम विकार उत्पन्न हो सकता है। अगर कोई राजयोग का अभ्यास करें और साथ ही अपवित्र जीवन-यापन करे, तो वह भला किस प्रकार योगी होने की उम्मीद कर सकता है।

असाधारण स्मरण शक्ति

1901 ई. में बेलूड़ मठ में शिष्यों के साथ हुए वार्तालाप से उद्धृत अंश

कुछ दिन हुए, बेलूड़ मठ में नया अंग्रेजी विश्वकोष **(Encyclopaedia Britannica)** खरीदा गया। नयी चमकदार पुस्तकों को देखकर शिष्य ने स्वामी जी से कहा- "इतनी पुस्तकें एक जीवन में पढ़ना तो मुश्किल है।" उस समय शिष्य यह बात नहीं जानता था कि स्वामी जी ने उन पुस्तकों के दस खंडों का इसी बीच में अध्ययन समाप्त करके ग्यारहवाँ खंड शुरू कर दिए हैं।

स्वामी जी- क्या कहता है? इन दस पुस्तकों में से मुझसे जो चाहो पूछ लो सब बता दूँगा।

शिष्य ने चकित होकर पूछा- "क्या आपने इन सभी पुस्तकों को पढ़ लिया है?"

स्वामी जी- क्या बिना पढ़े ही कह रहा हूँ?

इसके बाद स्वामी जी की आज्ञा पाकर शिष्य उन सब पुस्तकों से चुन-चुनकर कठिन विषयों को पूछने लगा। आश्चर्य है- स्वामी जी ने उन सब विषयों का मर्म तो कहा ही, साथ में स्थान-स्थान पर पुस्तक की भाषा तक उद्धृत की। शिष्य ने उस विराट दस खंड की पुस्तकों में से प्रत्येक खंड से दो-एक विषय पूछे और सभी स्वामी जी की असाधारण बुद्धि तथा स्मरण शक्ति देख विस्मित होकर पुस्तकों को उठाकर रखते हुए उसने कहा, "यह मानव की शक्ति नहीं।"

स्वामी जी- देख, एकमात्र ब्रह्मचर्य का ठीक-ठीक पालन कर सकने पर सभी विद्याएँ क्षण भर में याद हो जाती हैं। मानव श्रुतिधर, स्मृतिधर बन जाता है। ब्रह्मचर्य के अभाव से ही हमारे देश का सब कुछ नष्ट हो गया।

शिष्य- महाराज, आप जो भी कहें, परंतु मात्र ब्रह्मचर्य रक्षा के परिणाम से इस प्रकार अलौकिक शक्ति का स्फुरण कभी संभव नहीं, इसके लिए और भी कुछ चाहिए।

उत्तर में स्वामी जी ने कुछ भी नहीं कहा।

मनःशक्ति

राजयोग के 'अवतरणिका' अध्याय से उद्धृत अंश

राजयोग-विद्या पहले व्यक्ति को उसकी अपनी आभ्यंतरिक अवस्थाओं के निरीक्षण का इस प्रकार उपाय दिखा देती है। मन ही उस निरीक्षण का यंत्र है। मनोयोग की शक्ति का सही-सही नियमन कर जब उसे अंत:जगत की ओर परिचालित किया जाता है, तब ही वह मन का विश्लेषण कर सकती है और तब उसके आलोक से हम यह सही-सही समझ सकते हैं कि अपने मन के अंदर क्या घटित हो रहा है। मन की शक्तियाँ इधर-उधर बिखरी हुई प्रकाश की किरणों की भाँति हैं। जब उन्हें केंद्रित किया जाता है, तब वे सब कुछ प्रकाशित कर देती हैं।

यही ज्ञान का हमारा एकमात्र उपाय है। बाह्य जगत में हो अथवा अंत:जगत में, लोग इसी को काम में ला रहे हैं। वैज्ञानिक जिस सूक्ष्म निरीक्षण-शक्ति का प्रयोग बाह्यजगत में करता है, मनस्तत्वान्वेषी उसी का मन पर करते हैं। इसके लिए अत्यधिक अभ्यास आवश्यक है। मन की शक्तियों को एकाग्र करने के अतिरिक्त अन्य किस तरह संसार में ये समस्त ज्ञान उपलब्ध हुए हैं? अगर मात्र यह ज्ञात हो गया कि प्रकृति के द्वार पर कैसे खटखटाना चाहिए, उस पर कैसे आघात देना चाहिए तो बस, प्रकृति अपना समस्त रहस्य खोल देती है। उस आघात की शक्ति और तीव्रता एकाग्रता से ही आती है। मानव मन की शक्ति की कोई सीमा नहीं अर्थात् वह असीमित है। मन जितना ही एकाग्र होता है, उतनी ही उसकी शक्ति एक लक्ष्य पर केंद्रित होती है, यही रहस्य है।

रहस्य का प्रसार

राजयोग के 'अवतरणिका' अध्याय से उद्धृत अंश

समस्त योग-प्रणालियों में जो कुछ गुह्य अथवा रहस्यात्मक है, सब छोड़ देना पड़ेगा। जिससे बल मिलता है, उसी का अनुसरण करना चाहिए। अन्य विषयों में जैसा है, धर्म में भी ठीक वैसा ही है- जो तुमको दुर्बल बनाता है, वह जड़ सहित त्याज्य है। रहस्य-स्पृहा मानव-मस्तिष्क को दुर्बल कर देती है। इसके कारण ही आज योगशास्त्र नष्ट-सा हो गया है। लेकिन वस्तुतः यह एक महाविज्ञान है। चार हजार वर्ष से भी पहले यह खोजा गया था। तब से भारतवर्ष में यह प्रणालीबद्ध होकर वर्णित और प्रचारित होता रहा है। यह एक आश्चर्यजनक तथ्य है कि व्याख्याकार जितना आधुनिक है, उसका भ्रम भी उतना ही अधिक है जबकि लेखक जितना प्राचीन है, उसने उतनी ही अधिक युक्तियुक्त बात कही है। आधुनिक लेखकों में ऐसे कई हैं, जो नाना प्रकार की रहस्यात्मक और अद्भुत-अद्भुत बातें कहते हैं। इस प्रकार जिनके हाथ यह शास्त्र पड़ा, उन्होंने सारी शक्तियाँ अपने अधिकार में रखने की इच्छा से

इसको महा-गोपनीय बना डाला और युक्तिरूप प्रभाकर का पूर्ण प्रकाश इस पर न पड़ने दिया।

योग में मध्यम मार्ग का पालन

राजयोग के 'अवतरणिका' अध्याय से उद्धृत अंश

श्रीमद्भगवद्गीता के छठे अध्याय के 16वें तथा 17वें श्लोक में कहा गया है-

नात्यश्नतस्तु योगोऽस्ति न चैकान्तमनश्नतः।
न चातिस्वप्नशीलस्य जाग्रतो नैव चार्जुन॥
युक्ताहारविहारस्य युक्तचेष्टस्य कर्मसु।
युक्तस्वप्नावबोधस्य योगो भवति दुःखहा॥

उक्त श्लोकों की स्वामी विवेकानन्द ने व्याख्या इस प्रकार की है- योगी को अधिक विलास और कठोरता, दोनों को ही त्याग देना चाहिए। उनके लिए उपवास करना या देह को किसी प्रकार का कष्ट देना उचित नहीं। गीता कहती है, जो अपने को अनर्थक क्लेश देते हैं, वे कभी योगी नहीं हो सकते। अतिभोजनकारी, उपवासशील, अधिक जागने वाला, अधिक निद्रालु, अत्यंत कर्मी या बिलकुल आलसी- इनमें से कोई भी योगी नहीं हो सकता। अतः योगी को मध्यम मार्ग का अनुसरण करना चाहिए। अर्थात् योगी को यथायोग्य आहार-विहार करने वाला, कर्मों में यथायोग्य चेष्टा करने वाला, यथायोग्य निद्रा लेने वाला और जागने वाला होना चाहिए।

राजयोग

राजयोग के 'अवतरणिका' अध्याय से उद्धृत अंश

इस सत्य अर्थात् मुक्ति को प्राप्त करने के लिए, राजयोग-विद्या मनुष्य के समक्ष यथार्थ व्यावहारिक और साधनों की दृष्टि से उपयोगी वैज्ञानिक प्रणाली

रखने का प्रस्ताव करती है। पहले तो, प्रत्येक विद्या के अनुसंधान और साधन की प्रणाली अलग-अलग है। यदि तुम ज्योतिषी होने की इच्छा करो और बैठे-बैठे मात्र ज्योतिष-ज्योतिष कहकर चिल्लाते रहो, तो तुम कभी ज्योतिषशास्त्र के अधिकारी न हो सकोगे। रसायनशास्त्र के संदर्भ में भी ऐसा ही है; उसमें भी एक निर्दिष्ट पद्धति का अनुसरण करना होगा; प्रयोगशाला में जाकर विभिन्न द्रव्य आदि लेने होंगे, उनको इकट्ठा करना होगा, उन्हें उचित अनुपात में मिलाना होगा, फिर उनको लेकर उनकी परीक्षा करनी होगी, तब कहीं तुम रसायनविद् हो सकोगे। यदि तुम ज्योतिषी होना चाहते हो, तो तुम्हें वेधशाला में जाकर दूरबीन के द्वारा तारों और ग्रहों का निरीक्षण करके उनके विषय में समीक्षा करनी होगी, तभी तुम ज्योतिषी हो सकोगे। प्रत्येक विद्या की अपनी एक निर्दिष्ट पद्धति है। मैं तुम्हें सैकड़ों उपदेश दे सकता हूँ, किंतु तुम अगर साधना न करो, तो तुम कभी धार्मिक न हो सकोगे। सभी युगों और सभी देशों में निष्काम शुद्ध स्वभाव के साधु-महापुरुष इसी सत्य का प्रचार कर रहे हैं। जनहित के अतिरिक्त अन्य कोई कामना उनमें नहीं थी।

ध्यान का प्रभाव

1901 ई. में बेलूड़ मठ में शिष्यों के साथ स्वामी जी की बातचीत से उद्धृत अंश

शिष्य ने जब स्वामी जी को विषय का ध्यान दिलाया तब उन्होंने कहा- दिन-रात ब्रह्म-विषय का अनुसंधान किया करो। एकाग्र मन से ध्यान किया करो और शेष समय में या तो कोई जनहितकारी कार्य किया करो या मन ही मन विचार किया करो कि 'जीवों का, जगत का उपकार हो। सभी की दृष्टि ब्रह्म की ओर लगी रहे।' इस प्रकार निरंतर चिंतन की लहरों के माध्यम से ही जगत का उपकार होगा। जगत का कोई भी सच्चा अनुष्ठान व्यर्थ नहीं जाता, चाहे वह कार्य हो अथवा चिंतन। तुम्हारे चिंतन सें ही प्रभावित होकर संभवतः अमेरिका के किसी व्यक्ति को ज्ञानप्राप्ति हो।

ध्यान के समय अवलोकनीय तथ्य

1902 ई. में बेलूड़ मठ में शिष्यों को समझाते हुए स्वामी जी के वक्तव्य से उद्धृत अंश

लगे रहना चाहिए, इसी का नाम यथार्थ पुरुषकार है। तेल की धार के समान मन को एक ओर लगाए रखना चाहिए। जीव का मन अनेक विषयों से विक्षिप्त हो रहा है। ध्यान के समय भी शुरू में मन विक्षिप्त होता है। मन में जो चाहे भाव उठे, उन्हें उस समय स्थिर हो बैठकर देखना चाहिए। देखते-देखते मन स्थिर हो जाता है और फिर मन में चिंतन की तरंगें नहीं रहतीं। वह तरंग-समूह ही मन की संकल्प-वृत्ति है। इससे पहले जिन विषयों का तीव्र भाव से चिंतन किया है, उनका अवचेतन तरंग के रूप में परिवर्तित होकर एक मानसिक प्रवाह रहता है। इसी कारण वे विषय ध्यान के समय मन में उठते हैं। साधक का मन धीरे-धीरे स्थिरता की ओर जा रहा है, उनका उठना अथवा ध्यान के समय स्मरण होना ही इसका प्रमाण है कि मन कभी-कभी किसी भाव को लेकर एकवृत्तिस्थ हो जाता है- उसी का नाम है सविकल्प ध्यान। और मन जिस समय सभी वृत्तियों से शून्य होकर निराधार एक अखंड बोधरूपी प्रत्यक् चैतन्य में मग्न हो जाता है, उसका नाम है वृत्तिशून्य निर्विकल्प समाधि। मैंने गुरुदेव श्रीरामकृष्ण में ये दोनों समाधियाँ बार-बार देखी हैं। उन्हें ऐसी स्थितियों को प्रयास करके लाना नहीं पड़ता था, बल्कि अपने आप ही एकाएक वैसा हो जाता था। वह एक आश्चर्यजनक घटना होती थी! उन्हें देखकर ही तो यह सब ठीक से समझ और जान सका था।

भावना एवं ध्यान

1902 ई. में बेलूड़ मठ में स्वामी विवेकानन्द के शिष्यों के साथ वार्तालाप से उद्धृत अंश

शिष्य- महाराज शास्त्र में उन बातों को केवल पढ़ा ही है, प्रत्यक्ष तो कुछ भी नहीं हुआ?

स्वामी जी- प्रतिदिन अकेले ध्यान करना, सब रहस्य अपने आप ही खुल जाएगा। विद्यारूपिणी महामाया भीतर सो रही है, इसी कारण कुछ जान नहीं सक रहा है। यह कुंडलिनी ही है वह शक्ति। ध्यान करने के पहले जब नाड़ी शुद्ध करेगा, तब मन ही मन मूलाधार स्थित कुंडलिनी पर जोर-जोर से आघात करना और कहना, 'जागो माँ! जागो माँ!' धीरे-धीरे इन सबका अभ्यास करना होगा। भावप्रवणता को ध्यान के समय पूर्ण रूप से दबा देना। वही बड़ा भय है। जो लोग अधिक भावप्रवण हैं, उनकी कुंडलिनी फड़फड़ाती हुई ऊपर तो उठ जाती है किंतु वह जितनी जल्दी ऊपर जाती है, उतने ही जल्दी नीचे भी उतर जाती है। जब उतरती है तो साधक को एकदम गत में ले जाकर छोड़ती है। भाव-साधना के सहायक साधन कीर्तन आदि में यही एक बड़ा दोष है। नाच-कूदकर सामयिक उत्तेजना से उस शक्ति की ऊर्ध्वगति अवश्य हो जाती है लेकिन वह स्थायी नहीं होती। निम्नगामी होते समय जीव में प्रबल काम-प्रवृत्ति की वृद्धि होती है। मेरे अमेरिका के भाषण सुनकर सामयिक उत्तेजना से स्त्री-पुरुषों में कई का यही भाव होता था। कोई तो जड़ के समान बन जाते थे। मैंने पीछे पता लगाया था, उस स्थिति के बाद ही कई लोगों की काम-प्रवृत्ति की अधिकता होती थी। स्थिर ध्यान-धारणा का अभ्यास न होने के फलस्वरूप ही वैसा होता है।

शिष्य- महाराज, ये सब गुप्त साधन-रहस्य किसी शास्त्र में मैंने नहीं पढ़े, आज नई बात सुनी।

स्वामी जी- सभी साधन रहस्य क्या शास्त्र में हैं अर्थात् नहीं हैं। वे सब गुप्तभाव से गुरु-शिष्य परंपरा से चले आ रहे हैं। काफी सावधानी के साथ ध्यान करना, सामने सुगंधित पुष्प रखना, धूप जलाना। जिससे मन पवित्र हो, सबसे पहले यही करना। गुरु-इष्ट का नाम लेते-लेते कहा करो- 'जीव जगत् सभी का कल्याण हो।' उत्तर, दक्षिण, पूर्व, पश्चिम, ऊर्ध्व, अधः सभी दिशाओं में शुभ

संकल्प के विचारों को बिखेरकर ध्यान में बैठा करो। ऐसा पहले-पहल करना चाहिए। तत्पश्चात स्थिर बैठकर, किसी की ओर मुँह करके बैठने से कार्य हो सकता है, मंत्र देते समय जैसा मैंने कहा है, उस प्रकार ध्यान किया करो। एक दिन भी क्रम न तोड़ना। काम-काज की झंझट रहे तो कम-से-कम पंद्रह मिनट तो अवश्य ही कर लेना। एकनिष्ठ न रहने से कुछ नहीं होता।

स्वामी जी ऊपर जाते-जाते कहने लगे- “अब तुम लोगों की थोड़े ही में आत्मदृष्टि खुल जाएगी। जब तू यहाँ पर आ पड़ा है, तो मुक्ति-उक्ति तो तेरी मुट्ठी में है। इस समय ध्यान आदि करने के अलावा इस दुःखपूर्ण संसार के कष्टों को दूर करने के लिए भी कमर कसकर काम में लग जा।

मानव जीवंत शास्त्र है

27 जुलाई और 2 अगस्त, 1895 ई. को स्वामी जी की शिष्या कुमारी एस. ई. वाल्डो द्वारा आलिखित देववाणी से उद्धृत अंश

मन का संयम करो और इंद्रियों का निरोध करो, तब ही तुम योगी हो पाओगे; तभी शेष सब कुछ प्राप्त हो जाएगा। सुनना, देखना, सूँघना तथा स्वाद लेना अस्वीकार कर दो; बाह्य इंद्रियों से मनःशक्ति को खींच लो। जब तुम्हारा मन किसी विषय में लीन रहता है, तब तुम अचेतन रूप से यह क्रिया हमेशा करते ही रहते हो, इसलिए चेतन रूप से भी तुम इसका अभ्यास कर सकते हो। मन अपनी इच्छानुसार कहीं भी इंद्रियों का प्रयोग कर सकता है। इस मूल कुसंस्कार को पूर्णतया निकाल दो कि हम शरीर की सहायता से ही काम करने के लिए विवश हैं। हम विवश नहीं हैं। अपने कमरे में जाकर बैठो और अपनी अंतःआत्मा के भीतर से उपनिषदों को प्राप्त करो। तुम भूत-भविष्यत् सभी ग्रंथों में श्रेष्ठ ग्रंथ हो और जो कुछ है, उस सब के आलय हो। जब तक उस अंतर्यामी गुरु का प्रकाश नहीं होता, तब तक बाहर के सभी उपदेश बेकार हैं। अगर उससे हृदय-ग्रंथ खुल जाए, तभी उसका कुछ मूल्य है।

जब तक हमारा हृदय रूपी शास्त्र नहीं खुला है तब तक शास्त्र-पाठ व्यर्थ है। फिर इन सब शास्त्रों का हमारे हृदय-शास्त्र के साथ जहाँ तक तालमेल है, वहीं तक उनकी सार्थकता है। बल क्या है, यह बलवान व्यक्ति ही जान सकता है, हाथी ही सिंह को समझ सकता है, चूहा नहीं। हम जब तक ईसा के समान नहीं हुए हैं, तब तक उन्हें किस प्रकार समझ सकेंगे अर्थात् किसी प्रकार नहीं। दो डबल रोटियों में 5000 लोग खायें, या पाँच डबलरोटियों में दो लोग खायें, ये दोनों बातें माया के राज्य के अंतर्गत हैं। इनमें कोई भी सत्य नहीं है। इसलिए दोनों में कोई भी एक-दूसरे के द्वारा बाधित नहीं होती। महत्ता ही केवल महत्ता का आदर कर सकती है, ईश्वर ही ईश्वर की उपलब्धि कर सकता है। स्वप्न स्वप्नद्रष्टा के अलावा और कुछ भी नहीं है, उसकी अन्य कोई भित्ति नहीं है। स्वप्न और स्वप्नद्रष्टा दो भिन्न वस्तुएँ नहीं हैं। समग्र संगीत के भीतर 'सोऽह सोऽह' यह एक ही स्वर बजता है, अन्य सब स्वर उसी के अनेक रूप मात्र हैं, अतएव उनसे मूल स्वर में, मूल तत्व में कुछ भेद नहीं पड़ता। जीवंत शास्त्र हमीं लोग हैं, हम जो बातें करते हैं, वे ही सब 'शास्त्र' शब्द से परिचित हैं। सभी जीवंत ईश्वर, जीवंत ईसा हैं- इस भाव से सभी को देखो। मानव का अध्ययन करो, मानव ही जीवंत काव्य है। जगत में जितने बाइबिल, ईसा या बुद्ध हुए हैं, सभी हमारी ज्योति से ज्योतिष्मान हैं। इस ज्योति को त्याग देने पर ये सब हमारे लिए और अधिक जीवित नहीं रह सकेंगे, मर जाएँगे।

तुम अपनी आत्मा के ऊपर स्थिर रहो। मृत शरीर के साथ चाहे जैसा व्यवहार क्यों न करो, उसमें कोई बाधा उपस्थित नहीं होती। हमें अपने शरीर को इसी तरह मृतवत् रखना होगा। और उसके साथ हमारा जो अभिन्न भाव रहता है, उसे दूर कर देना होगा।

योग के अंग

स्वामी विवेकानन्द द्वारा श्रोताओं के समक्ष दिए गए कक्षालापों 'राजयोग पर छः पाठ' के अंतर्गत दूसरे पाठ से उद्धृत अंश

आठ भागों में विभक्त होने के कारण राजयोग को अष्टांग योग कहा जाता है। राजयोग के आठ भाग या अंग इस प्रकार हैं-

1. यम- यह सर्वाधिक महत्त्वपूर्ण अंग है और सारा जीवन इसके द्वारा शासित होना चाहिए। इसके पाँच विभाग निम्नांकित हैं-

(i) मन, कर्म और वचन से हिंसा न करना।

(ii) मन, कर्म और वचन से लोभ न करना।

(iii) मन, कर्म और वचन की पवित्रता।

(iv) मन, कर्म और वचन की पूर्ण सत्यता।

(v) अपरिग्रह अर्थात् किसी से कोई दान न लेना।

2. नियम- शरीर की देखभाल, नित्य स्नान, परिमित आहार आदि।

3. आसन- मेरुदंड के ऊपर जोर न देकर कमर, गर्दन और सिर सीधा रखना।

4. प्राणायाम- प्राणवायु अथवा जीवन-शक्ति को वश में करने के लिए श्वास-प्रश्वास का संयम।

5. पत्याहार- मन को अंतर्मुख करना तथा उसे बहिर्मुखी होने से रोकना, जड़-तत्व को समझने के लिए उसे मन में घुमाना अर्थात् उस पर बार-बार विचार करना।

6. धारणा- एक विषय पर ध्यान केंद्रित करना।

7. ध्यान- जब मन को शरीर के भीतर या उसके बाहर किसी स्थान में कुछ समय तक स्थिर रखने के उद्देश्य से प्रशिक्षित किया जाता है, तब इस स्थिति को ध्यान कहते हैं।

8. समाधि- ज्ञान का आलोक अर्थात् हमारी समस्त साधना का लक्ष्य।

हमें यम-नियम का अभ्यास जीवनपर्यंत करना चाहिए। जहाँ तक अन्य अभ्यासों का संबंध है, हम ठीक वैसा ही करते हैं, जैसा कि जोंक बिना दूसरे

तिनके को दृढ़तापूर्वक पकड़े पहले वाले को नहीं छोड़ती है। इसी प्रकार हमें अपने पहले कदम को भली प्रकार समझकर अभ्यास कर लेना है और तब दूसरा कदम उठाना है। राजयोग के द्वारा ईश्वर को प्राप्त करने की कामना रखने वाले मनुष्य को मानसिक, शारीरिक, नैतिक और आध्यात्मिक दृष्टि से सबल होना आवश्यक है। अपना हर कदम इन बातों को ध्यान में रखकर ही आगे बढ़ाओ।

योगी की पात्रता

स्वामी विवेकानन्द द्वारा श्रोताओं के समक्ष दिए गए कक्षालापों 'राजयोग पर छः पाठ' के अंतर्गत पहले पाठ से उद्धृत अंश

इस पाठ का उद्देश्य व्यक्तित्व का विकास है। प्रत्येक व्यक्तित्व का विकास अति-आवश्यक है। सभी एक केंद्र में मिल जाएँगे। 'कल्पना प्रेरणा का द्वार और समस्त विचार का आधार है।' सभी पैगंबर, कवि और अन्वेषक व्यापक कल्पना-शक्ति से संपन्न थे। प्रकृति की व्याख्या हमारे भीतर है; पत्थर बाहर गिरता है, परंतु गुरुत्वाकर्षण हमारे भीतर है, बाहर नहीं। जो अति आहार करते हैं, जो उपवास करते हैं, जो ज्यादा सोते हैं, जो बहुत कम सोते हैं, वे योगी नहीं हो सकते। अज्ञान, चंचलता, ईर्ष्या, आलस्य और अतिशय आसक्ति योग-सिद्धि के बड़े शत्रु हैं। योगी के लिए तीन बड़ी आवश्यकताएँ हैं-

1. शारीरिक और मानसिक पवित्रता- सभी प्रकार की मलिनता और मन को पतन की ओर ले जाने वाली सभी बातों का परित्याग आवश्यक है।

2. धैर्य- शुरू में आश्चर्यजनक दृश्य प्रकट होंगे, पर बाद में वे सब अंतर्हित हो जाएँगे। यह सबसे कठिन समय है। किंतु दृढ़ रहो, यदि धैर्य रखोगे, तो अंततः सिद्धि सुनिश्चित है।

3. लगन- सुख-दुःख, स्वास्थ्य-अस्वास्थ्य सभी स्थितियों में साधना में एक दिन की भी नागा न करो।

साधना का सबसे उत्तम समय दिन और रात की संधि का समय है। यह हमारे शरीर की हलचल के शांत रहने का समय है, दो दशाओं के मध्य का शून्य-स्थल है। अगर इस समय न हो सके, तो उठने के बाद और सोने के पहले अभ्यास करो। नित्य स्नान अर्थात् शरीर को अधिक से अधिक स्वच्छ रखना आवश्यक है।

मन के चार आयाम

स्वामी विवेकानन्द द्वारा श्रोताओं के समक्ष दिए गए कक्षालापों 'राजयोग पर छः पाठ' के अंतर्गत पहले पाठ से उद्धृत अंश

योगी इंद्रियों को दो प्रमुख वर्गों में विभक्त करते हैं- ज्ञानेंद्रियाँ और कर्मेंद्रियाँ। ये दोनों पाँच-पाँच हैं। मन को ग्यारहवीं अंतःइंद्रिय कहा जाता है। मन के चार स्तर हैं-

पहला- मनस् अर्थात् मनन अथवा चिंतन-शक्ति। इसको संयत न करने पर प्रायः इसकी समस्त शक्ति नष्ट हो जाती है। उचित संयम किए जाने पर यह अद्भुत शक्ति बन जाती है।

दूसरा- बुद्धि अर्थात् इच्छा-शक्ति। इसको बोध-शक्ति भी कहा जाता है।

तीसरा- अहंकार अर्थात् आत्मचेतन अहंबुद्धि।

चौथा- चित्त अर्थात् वह तत्व, जिसके आधार और माध्यम से समस्त शक्तियाँ क्रियाशील होती हैं, मानो यह मन का धरातल है अथवा वह सागर है, जिसमें समस्त क्रिया-शक्तियाँ तरंगों का रूप धारण किए हुए हैं।

योग वह विज्ञान है, जिसके माध्यम से हम चित्त को अनेक क्रिया-शक्तियों का रूप धारण करने अथवा उनमें रूपांतरित होने से रोकते हैं। सागर में चंद्रमा का प्रतिबिंब जिस प्रकार तरंगों के कारण अस्पष्ट या विच्छिन्न हो जाता है, उसी प्रकार आत्मा अर्थात् सत्स्वरूप का प्रतिबिंब भी मन की तरंगों से विच्छिन्न हो जाता है। जब सागर दर्पण के समान तरंगशून्य होकर शांत

हो जाता है, तब ही चंद्रमा का प्रतिबिंब दिखायी पड़ता है। उसी प्रकार जब चित्त अर्थात् मनस् संयम के द्वारा पूर्णतया शांत हो जाता है, तब ही स्वरूप का साक्षात्कार होता है।

शांत वातावरण में ध्यान

20 जुलाई, 1895 ई. दिन शनिवार को स्वामी विवेकानन्द की शिष्या कुमारी एस. ई. वाल्डो द्वारा आलिखित देववाणी से उद्धृत अंश

ईश्वर को स्वयं से बाहर प्राप्त करना हमारे लिए असंभव है। बाहर जो ईश्वर-तत्त्व की प्राप्ति होती है, वह हमारी आत्मा का ही प्रकाश मात्र है। हम ही हैं ईश्वर का सर्वश्रेष्ठ मंदिर। बाहर जो कुछ उपलब्धि होती है, वह हमारे आभ्यंतरिक ज्ञान का ही अति सामान्य अनुकरण या प्रतिबिंब मात्र है।

हमारी मनः शक्तियों की एकाग्रता ही हमारे लिए ईश्वर-दर्शन का एक अकेला साधन है। अगर तुम एक आत्मा को (अपनी आत्मा को) जान सको, तो तुम भूत, भविष्यत और वर्तमान सभी आत्माओं को जान सकोगे। इच्छा शक्ति के द्वारा मन की एकाग्रता सधती है और विचार, भक्ति, प्राणायाम आदि विभिन्न उपायों से यह इच्छा-शक्ति उद्बुद्ध और वशीकृत हो सकती है। एकाग्र मन मानो एक प्रदीप है जिसके माध्यम से आत्मा का स्वरूप स्पष्टतः देखा जा सकता है।

तुम्हें जब यह निश्चय हो जाएगा कि तुम्हारी आत्मा को कोई भी नहीं ले जा सकता, जब आत्मा प्रत्येक कसौटी पर खरी उतरेगी, तब तुम उसे दृढ़ भाव से पकड़े रहो तथा सभी को इस आत्म-तत्व का उपदेश दो। सत्य कभी पक्षपात नहीं करता, उससे सभी का कल्याण होगा। अंतत: स्थिर भाव और शांत चित्त से उसका निदिध्यासन करो, उसका ध्यान करो, तुम अपने मन को उस पर एकाग्र करो, इस आत्मा के साथ अपने को एकाकार कर डालो। तब फिर शब्दों का

कोई उपयोग नहीं रहेगा, तुम्हारा मौन ही सत्य का संचार करेगा। बोलने में शक्ति का ह्रास मत करो, शांत होकर ध्यान करो। बहिर्जगत की गतिविधि से अपने को विचलित न होने दो। जब तुम्हारा मन सर्वोच्च अवस्था में पहुँचता है, तब उसकी चेतना तुम्हें नहीं रहती। शांत रहकर संचय करो और आध्यात्मिकता के 'डाइनेमो' बन जाओ। भिखारी क्या दे सकता है, जो राजा है वही दे सकता है और वह राजा तब ही दे सकता है, जब वह स्वयं कुछ न चाहे।

3
वेदांत के अनुसार ध्यान

ईश्वर (God) ही क्यों?

19 जनवरी, 1896 ई. को न्यूयार्क में स्वामी जी द्वारा दिए गए व्याख्यान 'विश्व-बृहत ब्रह्मांड' से उद्धृत अंश

मुझसे अर्थात् स्वामी जी से कई बार पूछा गया है- "आप क्यों इस पुराने 'ईश्वर' **(God)** शब्द का व्यवहार करते हैं?" तो इसका उत्तर यह है कि हमारे उद्देश्य के लिए यही सर्वोत्तम है। इससे अच्छा अन्य कोई शब्द नहीं मिल सकता, क्योंकि मानव की समस्त आशाएँ और सुख इसी एक शब्द में केंद्रित हैं। अब इस शब्द को बदलना संभव नहीं है। इस प्रकार के शब्द सबसे पहले बड़े-बड़े साधु-महात्माओं द्वारा गढ़े गए थे और वे इन शब्दों का अभिप्राय अच्छी तरह समझते थे। धीरे-धीरे जब समाज में उन शब्दों का प्रचार होने लगा, तब अज्ञानी या अल्प-ज्ञानी लोग भी उन शब्दों का व्यवहार करने लगे।

इसका परिणाम यह हुआ कि शब्दों की महिमा धीरे-धीरे घटने लगी। स्मृति से परे काल से 'ईश्वर' शब्द का व्यवहार होता आया है। सर्वव्यापी बुद्धि का भाव तथा जो कुछ महान एवं पवित्र है, सब इसी शब्द में निहित है। अगर कोई मूर्ख इस शब्द का व्यवहार करने में आपत्ति करता हो, तो क्या इसी कारण हमें इस शब्द को त्याग देना होगा? तब एक दूसरा व्यक्ति भी आकर कह सकता है- 'मेरे इस शब्द को लो।' फिर तीसरा भी अपना एक शब्द लेकर आएगा। अगर यही क्रम चलता रहा, तो ऐसे व्यर्थ शब्दों का कोई अंत न होगा। इसी कारण मैं कहता हूँ कि उस पुराने शब्द का ही व्यवहार करो; मन से अंधविश्वासों को समाप्त करके इस महान प्राचीन शब्द के अर्थ को अच्छी तरह से समझकर, उसका और भी उत्तम रूप से व्यवहार करो। अगर तुम लोग समझते हो कि भाव-साहचर्य-विधान किसे कहते हैं, तो तुम्हें पता चलेगा कि इस शब्द के साथ कितने ही महान ओजस्वी भावों का संयोग है, लाखों लोगों ने इस शब्द का व्यवहार किया है, करोड़ व्यक्तियों ने इस शब्द की पूजा की है और जो कुछ सर्वोच्च एवं सुंदरतम है, जो कुछ युक्तियुक्त, प्रेमास्पद और मानवीय भावों में महान तथा सुंदर है, वह सभी इस शब्द से संबंधित है। इस प्रकार यह इन सब साहचर्य-भावों का संकेत देने वाला कारण है, अतः इस शब्द का त्याग नहीं किया जा सकता।

वेदांत के अनुसार ईश्वर

8 अप्रैल, 1900 ई. को सैन फ्रांसिस्को में स्वामी जी द्वारा दिए गए भाषण 'क्या वेदांत भावी युग का धर्म होगा?' से उद्धृत अंश

वेदांत का ईश्वर क्या है? वह व्यक्ति नहीं, विचार है, तत्व है। तुम और हम सब सगुण ईश्वर हैं। विश्व का परात्पर ईश्वर, विश्व का स्रष्टा, विधाता और संहर्ता परमेश्वर निर्विशेष तत्व है। तुम-हम, चूहे-बिल्ली, भूत-प्रेत इत्यादि सभी उसके रूप हैं, सभी सगुण ईश्वर हैं। सगुण ईश्वर की उपासना करने की तुम्हारी इच्छा

है, यह तो अपनी आत्मा की ही उपासना है। अगर तुम मेरी राय मानो तो किसी भी गिरजाघर में पैर न रखो। बाहर निकलो, जाओ और अपने को प्रक्षालित कर डालो। जब तक कि युग-युग के चिपके-जमे तुम्हारे अंधविश्वास बह न जाएँ, तब तक अपने को बार-बार प्रक्षालित करते रहो। संभवतः यह कार्य तुम्हें अच्छा न लगे, क्योंकि तुम तो इस देश में नहाते ही कम हो, स्नान पर स्नान भारत की रीति है, तुम्हारे समाज की नहीं।

मुझसे अक्सर पूछा गया है- "मैं इतना अधिक हँसता और व्यंग-विनोद क्यों करता हूँ?" जब कभी पेट दर्द करने लगता है, तो कभी-कभी गंभीर हो जाता हूँ। ईश्वर केवल आनंदपूर्ण है। सभी अस्तित्व के मूल में एकमात्र वही है, समस्त विश्व का वही शिव है, सत्य है। तुम उसी के अवतार मात्र हो। यही गौरव की बात है। तुम उसके जितने अधिक पास होओगे, तुम्हें उतना ही कम चीखना-चिल्लाना पड़ेगा। उससे जितनी दूर हम होते हैं, उतना ही अधिक हमें अवसाद सहना पड़ता है। जितना अधिक उसे जानते हैं, उतना ही संकट टलता जाता है। यदि ईश्वर में लीन होने वाला भी पीड़ित रहे, तो उसकी तल्लीनता से क्या लाभ? ऐसे ईश्वर का भी कोई उपयोग है? प्रशांत महासागर में उसे फेंक दो! हमें उसकी जरूरत नहीं!

किंतु ईश्वर तो अनंत है, निर्विशेष सत्ता है, सच्चिदानंद है, निर्विकार है, अमर है, अभय है और तुम सभी उसके अवतार हो, अंगमात्र हो। वेदांत का ईश्वर यही है, जिसका स्वर्ग सर्वत्र ही है। इस स्वर्ग में सभी सगुण ईश्वर निवास करते हैं। तुम सभी मंदिरों में प्रार्थना, पुष्प-समर्पण आदि से विरत रहो!

लक्ष्य और उसकी प्राप्ति के उपाय

स्वामी विवेकानन्द के व्याख्यान 'लक्ष्य और उसकी प्राप्ति के उपाय' से उद्धृत अंश

समस्त मानव जाति का, समस्त धर्मों का लक्ष्य एक ही है- ईश्वर से पुनर्मिलन। इस लक्ष्य और उसकी प्राप्ति के साधनों, इन दोनों को मिलाकर 'योग' कहा जाता है। 'योग' शब्द संस्कृत के उसी धातु से व्युत्पन्न है, जिससे अंग्रेजी शब्द 'योक' (yoke) जिसका अर्थ है 'जोड़ना' अर्थात् अपने को उस ईश्वर से जोड़ना, जो कि हमारा प्रकृत स्वरूप है। इस प्रकार के योग या मिलन के साधन अनेक हैं, लेकिन उनमें प्रमुख हैं कर्मयोग, भक्तियोग, राजयोग और ज्ञानयोग।

प्रत्येक मनुष्य का विकास उसके अपने स्वभाव के अनुसार ही होना चाहिए। जिस प्रकार प्रत्येक विज्ञानशास्त्र के अपने भिन्न-भिन्न तरीके होते हैं, उसी प्रकार हर एक धर्म में भी है। धर्म के चरम लक्ष्य की प्राप्ति के तरीकों या साधनों को हम योग कहते हैं। विभिन्न प्रकृतियों और स्वभावों के आधार पर योग के भी विभिन्न प्रकार हैं। उनके प्रमुख चार विभाग हैं-

1. **कर्मयोग**- इसके अनुसार मनुष्य कर्म और कर्तव्य के माध्यम से अपने ईश्वरीय स्वरूप की अनुभूति करता है।

2. **भक्तियोग**- इसके अनुसार अपने ईश्वरीय स्वरूप की अनुभूति सगुण या साकार ईश्वर के प्रति भक्ति और प्रेम के द्वारा होती है।

3. **राजयोग**- इसके अनुसार व्यक्ति अपने ईश्वरीय स्वरूप की अनुभूति मन के संयम के द्वारा करता है।

4. **ज्ञानयोग**- इसके अनुसार अपने ईश्वरीय स्वरूप की अनुभूति ज्ञान के माध्यम से होती है।

ये सब एक ही केंद्र अर्थात् ईश्वर की ओर ले जाने वाले अलग-अलग मार्ग हैं। वस्तुतः धर्म-मतों की विभिन्नता लाभदायक है, क्योंकि व्यक्ति को धार्मिक जीवन व्यतीत करने की प्रेरणा ये सभी देते हैं और इस कारण सभी अच्छे हैं। जितने ही अधिक संप्रदाय होते हैं, व्यक्ति की भगवद्भावना को सफलतापूर्वक जाग्रत करने के उतने ही अधिक सुयोग मिलते हैं।

ईश्वर से ज्ञान के आलोक हेतु प्रार्थना

स्वामी विवेकानन्द द्वारा दिए गए व्याख्यान 'राजयोग पर छः पाठ' के प्रथम पाठ से उद्धृत अंश

चार प्राणायाम करके स्वाभाविक रूप से श्वास लो और ईश्वर से ज्ञान के प्रकाश के लिए प्रार्थना करो- "मैं उस सत्ता की महिमा का चिंतन करता हूँ, जिसने विश्व की रचना की है, वह मेरे मन को प्रबुद्ध करे।"

बैठो और दस-पंद्रह मिनट इस भाव का ध्यान करो।

अपनी अनुभूतियों को अपने गुरु के अलावा और किसी को न बताओ।

यथासंभव कम-से-कम बात करो।

अपना चिंतन सद्गुणों पर लगाओ, क्योंकि हम जैसा सोचते हैं, वैसे ही बन जाते हैं।

पवित्र चिंतन हमें अपनी समस्त मानसिक मलिनताओं को नष्ट करने में सहायता देता है। जो योगी नहीं है, वह दास है। मुक्ति-लाभ के लिए एक-एक करके सभी बंधन काटने होंगे।

इस जगत के परे जो सत्य है, उसको सभी लोग जान सकते हैं। अगर ईश्वर की सत्ता सत्य है, तो अवश्य ही हमें उसको एक तथ्य के रूप में अनुभव करना चाहिए और यदि आत्मा जैसी कोई सत्ता है, तो हमें उसे देखने तथा अनुभव करने में समर्थ होना चाहिए।

विसम्मोहन

3 अप्रैल, 1900 ई. को सैन फ्रांसिस्को में वाशिंगटन हॉल में स्वामी जी द्वारा दिए गए व्याख्यान से उद्धृत अंश

सभी धर्मों ने ध्यान पर बल दिया है। योगियों का कहना है कि ध्यान की अवस्था मन की उच्चतम संभव अवस्था है। जब मन किसी बाह्य वस्तु का अध्ययन करता है, तब वह उससे अपना तादात्म्य स्थापित कर लेता है और स्वयं लुप्त हो जाता है। प्राचीन भारतीय दार्शनिकों द्वारा दी गयी उपमा का प्रयोग करें तो मनुष्य की आत्मा स्फटिक **(Crystal)** के एक खंड के समान है, जो अपने पास वाली वस्तु का रंग ग्रहण कर लेता है। आत्मा जिस वस्तु का स्पर्श करती है उसी का रंग उसे लेना पड़ता है। यही कठिनाई है। वह बंधन बन जाता है। रंग इतना प्रबल है कि स्फटिक स्वयं को भूल जाता है और उसी रंग से अपना तादात्म्य स्थापित कर लेता है। माना कि स्फटिक के समीप एक लाल फूल है और स्फटिक वह लाल रंग ग्रहण कर लेता है तथा स्वयं को भूल जाता है एवं समझता है कि वह लाल है। हम लोगों ने शरीर का रंग ग्रहण कर लिया है और भूल गए हैं कि हम क्या हैं। बाद में जो परेशानियाँ आती हैं वे सब मात्र एक निर्जीव शरीरजन्य हैं। हमारे सभी भय, परेशानियाँ, चिंताएँ, कष्ट, भूलें, दुर्बलताएँ, बुराइयाँ मात्र एक इस भारी भूल के कारण हैं कि हम शरीर हैं। यह सामान्य व्यक्ति है। यह वह व्यक्ति है, जिसने अपने समीप के फूल का रंग धारण कर लिया है। हम उसी प्रकार शरीर नहीं हैं, जिस प्रकार स्फटिक लाल फूल नहीं है।

ध्यान का अभ्यास नियमित रूप से किया जाता है। स्फटिक जान जाता है कि वह क्या है, वह अपने रंग में आ जाता है। अन्य किसी वस्तु की तुलना में ध्यान हमें सत्य के अधिक निकट लाता है।

इस समय और अभी

3 व 4 अगस्त, 1895 ई. को स्वामी विवेकानन्द की एक शिष्या एस. ई. वाल्डो द्वारा आलिखित 'देववाणी' के अंतर्गत स्वामी जी के व्याख्यान से उद्धृत अंश

स्वर्ग में जाकर एक वीणा पाऊँगा और उसे बजाकर समय के अनुसार विश्राम-सुख का अनुभव करूँगा, इस बात की अपेक्षा मत करो। इसी जगह

एक वीणा लेकर क्यों न बजाना शुरू कर दो? स्वर्ग के लिए राह देखने और प्रतीक्षा करने की क्या जरूरत है? इस लोक को ही स्वर्ग बना लो। स्वर्ग में विवाह नहीं होता, पाणिग्रहण नहीं होता। अगर ऐसा है, तो यहीं पर अभी से विवाह क्यों न बंद कर दो? संन्यासियों का गैरिक वस्त्र मुक्त पुरुषों का चिह्न है। सांसारिक भिक्षुओं का वेश छोड़ दो; मुक्ति की पताका गैरिक वस्त्र धारण करो।

हर एक व्यक्ति स्वभाव से पूर्णस्वरूप है। पैगंबरों ने अपने इस पूर्णस्वरूप को प्रकाशित किया है और हमारे भीतर अभी भी वह अव्यक्त रूप से विद्यमान है। अगर हम भी ईश्वर को नहीं देख सकते तो कैसे जान सकेंगे कि मूसा ने ईश्वर का दर्शन किया था? अगर ईश्वर कभी किसी के पास आए हैं, तो हमारे पास भी आएँगे। मैं एकदम उनके पास जाऊँगा, वे मुझसे बातचीत करेंगे। विश्वास को आधाररूप में मैं ग्रहण नहीं कर सकता, यह मात्र नास्तिकता और घोर ईश्वरनिंदा है। ईश्वर ने अगर दो हजार वर्ष पूर्व अरब की मरुभूमि में किसी व्यक्ति के साथ वार्तालाप किया है, तो वे आज मेरे साथ भी वार्तालाप कर सकते हैं। यदि वे नहीं कर सकते तो हम क्यों न कहें कि वे मर गए हैं? जैसे भी हो ईश्वर के निकट आओ, आना ही चाहिए। लेकिन आते समय किसी को ढकेलना मत।

एक भारतीय लोरी

3 अगस्त, 1895 ई. शनिवार को स्वामी जी की शिष्या एस. ई. वाल्डो द्वारा आलिखित 'देववाणी' के अंतर्गत स्वामी जी के व्याख्यान से उद्धृत अंश

एक हिंदू रानी थी। उसकी बड़ी तीव्र इच्छा थी कि उसके पुत्र इसी जन्म में मुक्ति प्राप्त कर लें। इसी उद्देश्य से उसने उन पुत्रों के पालन-पोषण का पूरा भार अपने ही ऊपर ले लिया। वह अति शैशवावस्था से उनको झुलाते-झुलाते सुलाने के समय उनके समीप यह गाना गाती थी- तत्वमसि, तत्वमसि।

रानी के तीन पुत्र संन्यासी हो गए परंतु चौथे पुत्र का, उसे राजा बनाने के उद्देश्य से अन्यत्र पालन-पोषण हुआ। महल से विदा करते समय माँ ने उसे कागज का एक टुकड़ा देकर कहा- "बड़े होने पर इसमें क्या लिखा है, पढ़ना।" उस कागज के टुकड़े में लिखा था- "ब्रह्म सत्य और सब मिथ्या। आत्मा न कभी मरती है, न मारती है। नि:संग बनो अथवा सत्संग करो।" बड़े होने पर जब राजपुत्र ने इसे पढ़ा तो वह भी उसी समय संसार त्यागकर संन्यासी हो गया।

दो पक्षियों की कहानी

30 जुलाई, 1895 ई. मंगलवार को स्वामी जी की शिष्या कुमारी एस. ई. वाल्डो द्वारा आलिखित 'देववाणी' शीर्षक स्वामी जी के व्याख्यान से उद्धृत अंश

निम्नलिखित उपाख्यान में समग्र वेदांत दर्शन का सार समाहित है-

सोने (Gold) के पंख वाले दो पक्षी एक वृक्ष पर वास करते हैं। ऊपर जो पक्षी बैठा है, वह स्थिर, शांत भाव से अपनी महिमा में स्वयं विभोर होकर रहता है और जो पक्षी नीचे की डाल पर बैठा है, वह हमेशा चंचल रहता है और वह इस वृक्ष का कभी मीठा और कभी कड़ुआ फल खाता है। एक बार उसने एक बहुत कड़ुवा फल खाया; तब कुछ स्थिर होकर ऊपर बैठे हुए उस महिमामय पक्षी की ओर उसने देखा। लेकिन फिर वह उसे जल्दी ही भूल गया और पहले के समान ही उस वृक्ष के फल खाने में लग गया। उसने पुनः एक कटु फल खाया इस बार वह फुदक-फुदक कर ऊपर की ओर कूदा और ऊपर के पक्षी के कुछ निकट जा पहुँचा। इस प्रकार ऐसा अनेक बार हुआ, अंत में नीचे का पक्षी बिलकुल ऊपर के पक्षी के स्थान पर जा बैठा और स्वयं को खो बैठा- अर्थात् ऊपर वाले पक्षी के साथ एकरूप हो गया। अब उसे यह ज्ञान हुआ कि दो पक्षी कभी भी नहीं थे, वह स्वयमेव सर्वदा शांत, स्थिर भाव से स्वमहिमा में मग्न ऊपर वाला पक्षी ही था।

कृतज्ञ बनो

25 व 30 जुलाई, 1895 ई. को स्वामी जी की एक शिष्या वाल्डो द्वारा आलिखित 'देववाणी' शीर्षक से स्वामी जी के व्याख्यान से उद्धृत अंश

कर्म करना धर्म नहीं है, फिर भी यथोचित रूप से कर्म करना मुक्ति की ओर ले जाता है। वस्तुतः समग्र दया अज्ञान है, क्योंकि हम दया किस पर करेंगे? क्या तुम ईश्वर को दया की दृष्टि से देख सकते हो? फिर ईश्वर के अतिरिक्त और है ही क्या?

ईश्वर को धन्यवाद दो कि उसने तुम्हारी आत्मा की उन्नति के लिए यह जगत रूपी नैतिक व्यायामशाला तुम्हें प्रदान की है। यह कभी मत सोचना कि तुम इस जगत की सहायता कर सकते हो। तुम्हें अगर कोई गाली दे तो उसके प्रति कृतज्ञ होओ। क्योंकि गाली या अभिशाप क्या है, यह देखने के लिए उसने मानो तुम्हारे सामने एक दर्पण रखा है और वह तुम्हारे लिए आत्मसंयम का अभ्यास करने का एक मौका दे रहा है। इसलिए उसे आशीर्वाद दो और सुखी बनो। अभ्यास करने का अवसर मिले बिना मनुष्य का विकास नहीं हो सकता और दर्पण को सामने रखे बगैर हम अपना मुख नहीं देख सकते।

जो भी उन्नति होती है, वह सापेक्षिक जगत में ही होती है। मानव शरीर ही सर्वश्रेष्ठ शरीर है और मानव ही सर्वोच्च प्राणी है, क्योंकि इस मानव शरीर तथा इस जन्म में ही हम इस सापेक्षिक जगत से पूर्ण रूप से बाहर हो सकते हैं- निश्चय ही मुक्ति की अवस्था प्राप्त कर सकते हैं और यह मुक्ति ही हमारे जीवन का चरम लक्ष्य है। केवल हम ही नहीं हैं, अनेक अन्य व्यक्ति भी मुक्ति की अवस्था प्राप्त कर चुके हैं, अतएव आगे चलकर कितने ही अधिक श्रेष्ठ शरीर क्यों न आवें, वे रहेंगे सापेक्ष स्तर पर ही और हमारी अपेक्षा कुछ भी अधिक प्राप्त नहीं कर सकेंगे। क्योंकि मुक्ति-लाभ के अलावा और कौन-सी उच्च अवस्था का लाभ किया जा सकता है? देवदूत कभी कोई बुरे कार्य नहीं करते, इस

कारण उन्हें कभी दंड भी प्राप्त नहीं होता; अतएव वे मुक्त भी नहीं हो सकते। सांसारिक धक्का ही हमें जगा देता है, वही इस सांसारिक स्वप्न को भंग करने में सहायता पहुँचाता है। इस प्रकार के सतत आघात ही इस जगत की असंपूर्णता के परिचायक हैं, वे ही इस संसार से छुटकारा पाने की अर्थात् मुक्ति-लाभ करने की हमारी आकांक्षा को जाग्रत करते हैं।

निर्जनता से समाज की ओर

1898 ई. में बेलूड़ के किराए के मठ में स्वामी जी के अपने शिष्य शरत्चंद्र चक्रवर्ती से संवाद से उद्धृत अंश

स्वामी जी- यदि ईश्वर ने चाहा तो इस मठ को समन्वय का महान क्षेत्र बनाना होगा। हमारे गुरुदेव श्री रामकृष्ण सर्व भावों की साक्षात समन्वय मूर्ति हैं। उस समन्वय के भाव को यहाँ पर जगाकर रखने से श्री रामकृष्ण जगत में प्रतिष्ठित रहेंगे। सारे मत, सारे पंथ, ब्राह्मण-चांडाल सभी जिससे यहाँ पर आकर अपने-अपने आदर्श को देख सकें, वह करना होगा। ... मैं तो जहाँ तक हो सके, कर रहा हूँ और करूँगा; तुम लोग भी श्री रामकृष्ण के उदार भाव लोगों को समझा दो। मात्र वेदांत पढ़ने से कोई लाभ न होगा। वास्तव में प्रतिदिन के व्यावहारिक जीवन में शुद्धाद्वैतवाद की सत्यता को प्रमाणित करना होगा। श्री शंकर इस अद्वैतवाद को जंगलों और पहाड़ों में रख गए हैं; मैं अब उसे वहाँ से लाकर विश्व-समाज में प्रसारित करने के लिए आया हूँ। घर-घर में, घाट-मैदान में, जंगल-पहाड़ों में इस अद्वैतवाद का गंभीर नाद उठाना होगा। तुम लोग मेरे सहायक बनकर काम में लग जाओ।

शिष्य- महाराज, ध्यान के माध्यम से उस भाव का अनुभव करने में ही मानो मुझे अच्छा लगता है। उछल-कूद की इच्छा नहीं होती।

स्वामी जी- यह तो नशा करके बेहोश पड़े रहने के समान हुआ। केवल ऐसे रहकर क्या होगा? अद्वैतवाद की प्रेरणा से कभी तांडव नृत्य कर तो कभी

स्थिर होकर रह। अच्छी चीज पाने पर क्या उसे अकेले खाकर ही सुख मिलता है? दस लोगों को देकर खाना चाहिए। आत्मा की अनुभूति प्राप्त करके अगर तू मुक्त हो गया तो इससे संसार को क्या लाभ होगा? शरीर का त्याग करने से पहले त्रिजगत को मुक्त करना होगा। महामाया के राज्य में आग लगा देनी होगी; तभी नित्य-सत्य में प्रतिष्ठित होगा। उस आनंद की क्या कोई तुलना है? आकाशकल्प भूमानंद में प्रतिष्ठित होगा, जीव-जगत में सर्वत्र ही अपनी ही सत्ता देखकर तू दंग रह जाएगा! जड़ और चेतन सभी तुझे अपनी सत्ता ज्ञात होंगे। उस समय अपनों ही के समान सबकी चिंता किए बिना तू रह नहीं सकेगा। ऐसी स्थिति ही कर्म के बीच में वेदांत की अनुभूति है, समझा! वह ब्रह्म एक होकर भी व्यावहारिक रूप में अनेक रूपों में सामने विद्यमान है।

ब्रह्म को कौन जान सकता है?

1898 ई. में किराए के बेलूड़ मठ में स्वामी जी का अपने शिष्य से संवाद से उद्धृत अंश

शिष्य- अगर मैं ब्रह्म ही हूँ तो सर्वदा इस विषय की अनुभूति क्यों नहीं होती?

स्वामी जी- अगर 'मैं-तुम' के द्वैतमूलक चेतन स्तर पर इस बात का अनुभव करना हो तो एक करण की जरूरत है। मन ही हमारा वह करण है, किंतु मन पदार्थ तो जड़ है। उसके पीछे जो आत्मा है उसकी प्रभा से मन चैतन्य मात्र प्रतीत होता है। इसलिए पंचदशीकार ने कहा है- **चिच्छायावेशतः शक्तिश्चेतनेव विभाति सा** अर्थात् चित्रस्वरूप आत्मा की परछाईं के वशीभूत शक्ति चैतन्यमयी लगती है और इसी कारण मन भी चेतन पदार्थ कहकर माना जाता है। अतः यह निश्चित है कि मन के माध्यम से शुद्ध चैतन्यस्वरूप आत्मा को नहीं जान सकते। मन के परे पहुँचना है। मन के परे तो कोई करण नहीं है, एक आत्मा ही है। अतएव जिसको जानना चाहते हो, वही फिर करणस्थानीय हो जाता है। कर्ता, कर्म, करण सब एक

हो जाते हैं। इसीलिए श्रुति कहती है- **विज्ञातारमरे केन विजानीयात्**। इसका सार यह है कि द्वैतमूलक चेतन के ऊपर ऐसी एक अवस्था है जहाँ कर्ता, कर्म, करण आदि में कोई द्वैतभाव नहीं है। मन के निरोध होने से वह प्रत्यक्ष होती है और कोई उचित भाषा न होने के कारण इस अवस्था को 'प्रत्यक्ष करना' कह रहा हूँ; वरना इस अनुभव को प्रकाशित करने के लिए कोई भाषा नहीं। श्री शंकराचार्य इसको 'अपरोक्ष अनुभूति' कह गए हैं। ऐसी प्रत्यक्ष या अपरोक्ष-अनुभूति होने पर भी अवतारी लोग नीचे द्वैतभूमि पर उतरकर उसकी कुछ-कुछ झलक दिखा देते हैं। इसी कारण कहते हैं कि आप्त पुरुषों के अनुभव से ही वेदादि शास्त्रों की उत्पत्ति हुई है। सामान्य जीवों की स्थिति उस नमक के पुतले के समान है, जो समुद्र को नापने गया था और स्वयं ही उसमें घुल गया। अभिप्राय यह है कि तुम्हें इतना ही जानना होगा कि तुम वही नित्य ब्रह्म हो। तुम तो पहले से ही वह हो, केवल एक जड़ मन बीच में पड़कर तुम्हें इसको समझने नहीं देता। सूक्ष्म जड़रूप उपादानों द्वारा निर्मित मन नामक पदार्थ के प्रशमित होने पर, आत्मा अपनी प्रभा से आप ही उद्भासित होती है।

आत्मा का स्वरूप

'आत्मा का स्वरूप और लक्ष्य' शीर्षक से स्वामी विवेकानन्द द्वारा दिए गए व्याख्यान, प्रवचन या कक्षालाप से उद्धृत अंश

उच्चतर और उच्चतर संघातों से युक्त विकास की प्रक्रियाएँ आत्मा में नहीं हैं, वह जो कुछ है, पहले से ही है। वे प्रकृति में हैं। लेकिन जैसे-जैसे प्रकृति का विकास उत्तरोत्तर उच्चतर से उच्चतर संघातों की ओर अग्रसर होता है, आत्मा की गरिमा अपने को अधिक से अधिक व्यक्त करती है। कल्पना करो कि यहाँ एक पर्दा है और पर्दे के पीछे आश्चर्यजनक दृश्य है। पर्दे में एक छोटा-सा छेद है, जिसके माध्यम से हम पीछे स्थित दृश्य के एक क्षुद्र अंशमात्र की झलक देख पाते हैं। कल्पना करो कि वह छेद आकार में बढ़ता जाता है। छेद के आकार में

वृद्धि के साथ-साथ पीछे स्थित दृश्य दृष्टि के क्षेत्र में अधिक से अधिक विकास होता जाता है और जब पूरा पर्दा हट जाता है, तो तुम्हारे तथा उस दृश्य के बीच कुछ भी नहीं रह जाता; तब तुम उसे संपूर्ण देख पाते हो। पर्दा मानव का मन है। उस पर्दे के पीछे आत्मा की गरिमा, पूर्णता तथा अनंत शक्ति है। जैसे-जैसे मन आगे बढ़ता हुआ अधिक से अधिक निर्मल होता जाता है, वैसे-वैसे आत्मा की गरिमा भी स्वयं को अधिक से अधिक व्यक्त करती जाती है। ऐसा नहीं है कि आत्मा परिवर्तित होती है बल्कि परिवर्तन तो पर्दे में होता है। आत्मा अपरिवर्तनशील वस्तु, अमर, शुद्ध और सदैव मंगलमय है।

साक्षी बनो

स्वामी विवेकानन्द द्वारा दिए गए व्याख्यान 'उच्चतर जीवन के निमित्त साधनाएँ' से उद्धृत अंश

हम चित्रकार के शिल्प की प्रशंसा करते हैं, उसकी असाधारण प्रतिभा पर आश्चर्यचकित हो जाते हैं, चाहे उसके द्वारा बनाया चित्र बीभत्सतम क्यों न हो। इसका रहस्य क्या है, अनासक्ति ही इसका रहस्य है। इसलिए साक्षी बनो। जब तक 'मैं साक्षी हूँ', इस भाव तक तुम नहीं पहुँचते, तब तक प्राणायाम अथवा योग की भौतिक क्रियाएँ आदि किसी मतलब की नहीं। अगर खूनी हाथ तुम्हारी गर्दन पकड़ ले, तो कहो, "मैं साक्षी हूँ! मैं साक्षी हूँ!" कहो, "मैं आत्मा हूँ! कोई भी बाह्य वस्तु मुझे छू नहीं सकती।" अगर मन में बुरे विचार उठें, तो बार-बार यही दुहराओ, यह कह-कहकर उनके सिर पर हथौड़े बरसाओ कि "मैं आत्मा हूँ! मैं साक्षी हूँ! मैं नित्य शुभ और कल्याणस्वरूप हूँ! कोई कारण नहीं कि मैं कर्म करूँ, कोई कारण नहीं, जो मैं भुगतूँ, मेरे सभी कर्मों का अंत हो चुका है, मैं साक्षीस्वरूप हूँ। मैं अपनी चित्रशाला में हूँ, यह संसार मेरा अजायबघर है, मैं इन क्रमशः आने वाले चित्रों को केवल देखता जा रहा हूँ। वे सभी सुंदर हैं- भले हों या बुरे। मैं अद्भुत कौशल देख रहा हूँ;

परंतु यह समस्त एक है। उस महान चित्रकार परमात्मा की अनंत अर्चियाँ!" वास्तव में किसी का अस्तित्व नहीं है- न संकल्प है, न विकल्प। वे ईश्वर ही सब कुछ हैं। ईश्वर- चित्-शक्ति जगदंबा लीला कर रही हैं और हम सब गुड़ियों के समान हैं, उनकी लीला में सहायक मात्र हैं। यहाँ वे किसी को कभी भिखारी के रूप में सजाती हैं और कभी राजा के रूप में और तीसरे क्षण उसे साधु का रूप दे देती हैं और कुछ ही देर बाद शैतान की वेश-भूषा धारण करा देती हैं। हम जगत्माता को उनके खेल में सहायता देने के लिए अलग-अलग वेश धारण कर रहे हैं।

क्या हम ईश्वर को चाहते हैं?

स्वामी विवेकानन्द द्वारा दिए गए 'भक्तियोग पर प्रवचन' शीर्षक के अंतर्गत 'प्रारंभिक सोपान' से उद्धृत अंश

प्रतिदिन हम स्वयं से यही प्रश्न करें- क्या हमें ईश्वर को प्राप्त करने की लालसा है? जब हम धर्म की बात करें और विशेष रूप से जब हम ऊँचा आसन ग्रहण करके दूसरों को उपदेश देने लगें, तब हमें अपने से यही प्रश्न पूछना चाहिए। मैं कई बार देखता हूँ कि मुझे ईश्वर की चाह नहीं है; मुझे रोटी की चाह उससे ज्यादा है। यदि मुझे एक टुकड़ा रोटी न मिले, तो मैं पागल हो जाऊँगा। हीरे की पिन बिना बहुत-सी महिलाएँ पागल हो जाएँगी। किंतु उन्हें ईश्वर-प्राप्ति के लिए इसी तरह की लालसा नहीं है। विश्व की 'उस एकमात्र यथार्थ वस्तु' का उन्हें ज्ञान नहीं है। हमारी भाषा में एक कहावत प्रचलित है- 'मारै तो हाथी लूटै तो भंडार।' भिखारियों को लूटकर अथवा चीटियों का शिकार करके क्या लाभ हो सकता है? इसलिए प्रेम करना है, तो ईश्वर से प्रेम करो। इन सांसारिक वस्तुओं की परवाह कौन करता है? यह संसार पूर्णतया मिथ्या है। संसार के सभी महान मनीषी इसी निष्कर्ष पर पहुँचे हैं। इस संसार से निकलने का मार्ग ईश्वर के अतिरिक्त अन्य कोई नहीं है।

आत्मा और उसका दासत्व

1896 ई. में न्यूयार्क में स्वामी विवेकानन्द द्वारा दिया गया 'बहुरूप में प्रतीयमान एक सत्ता' शीर्षक भाषण से उद्धृत अंश

हम ही समस्त संसार के वे अनंत सत् हैं और हमने जड़भाव को अपनाकर यह क्षुद्र नर-नारी रूप धारण किया है। हम एक व्यक्ति की मधुर बात से गल जाते हैं तथा दूसरे एक व्यक्ति की कड़ी बात से गरम हो उठते हैं। कितनी भयानक निर्भरता है, कितना भयानक दासत्व है। मैं जो सकल सुख-दुःख के अतीत हूँ, समस्त जगत ही जिसका प्रतिबिंब-स्वरूप है- सूर्य, चंद्र, तारा, जिसके प्राणों के लघु कण मात्र हैं- वह मैं इस प्रकार भयानक दासभावापन्न हो गया हूँ!

हमारी देह में तुम्हारे एक चिमटी के काटने पर हमें कष्ट होता है। कोई अगर एक मीठी बात करता है, वैसे ही हमें आनंद होने लगता है। हमारी कैसी दुर्दशा है, देखो- हम देह के दास, मन के दास, जगत के दास, एक अच्छी बात के दास, एक बुरी बात के दास, वासना के दास, सुख के दास, जीवन के दास, मृत्यु के दास- हम सब वस्तुओं के दास हैं! यह दासत्व हटाना होगा कैसे? इस आत्मा के विषय में पहले सुनना होगा, इसके बाद उसे लेकर मनन अर्थात् चिंतन करना होगा, तत्पश्चात उसका निदिध्यासन अर्थात् ध्यान करना होगा।

अद्वैतज्ञानी की यही साधना-प्रणाली है। सत्य को पहले सुनना होगा, फिर उस पर मनन करना होगा, तत्पश्चात उसे निरंतर दृढ़ करते रहना होगा। सर्वदा ही सोचो, 'हम ब्रह्म हैं'। अन्य सब विचारों को दुर्बलताजनक मानकर दूर कर देना होगा। जिस किसी विचार से तुमको अपने नर-नारी होने का ज्ञान होता है, उसे दूर कर दो। देह जाए, मन जाए, देवता भी जाएँ, भूत-प्रेत आदि भी जाए, उस एक सत्ता के अतिरिक्त सब जाए।

कठोपनिषद् (1/3/14) में कहा गया है-

उत्तिष्ठत जाग्रत प्राप्य वरान्निबोधत।
क्षुरस्य धारा निशिता दुरत्यया
दुर्गं पथस्तत्कवयो वदन्ति॥

अर्थात् पथ अत्यंत दीर्घ है, यह मानो छुरे की तीक्ष्ण धार के ऊपर से चलना है; किंतु निराश मत हो। उठो, जागो, जब तक उस चरम लक्ष्य को न प्राप्त कर लो, न रुको।

इसलिए ज्ञानी का ध्यान किस प्रकार हुआ? ज्ञानी शरीर-मन विषयक सब प्रकार के विचारों को दूर करना चाहते हैं और वे इस विचार को निकाल बाहर करना चाहते हैं कि हम शरीर हैं। दृष्टांतस्वरूप जैसे ही हम कहते हैं, हम अमुक स्वामी हैं,

उसी क्षण देह का भाव आ जाता है। तब क्या करना होगा? मन पर बलपूर्वक आघात करके कहना होगा, 'हम शरीर नहीं हैं, हम आत्मा हैं।' रोग ही आए अथवा अत्यंत भयावह आकार में मृत्यु आकर ही उपस्थित हो, कौन परवाह करता है? हम देह नहीं हैं। देह को सुंदर रखने का प्रयास क्यों है? भ्रम को एक बार फिर भोग करने के लिए! इस दासत्व को जारी रखने के लिए? देह जाए, हम देह नहीं हैं। यही ज्ञानी की साधना-प्रणाली है। भक्त कहते हैं, "भगवान ने हमें इस जीवन रूपी सागर को सहज ही लाँघने के लिए यह शरीर दिया है, अतएव जितने दिनों तक यात्रा शेष नहीं होती, उतने दिनों तक इसकी प्रयासपूर्वक रक्षा करनी होगी।" योगी कहते हैं- "हमें देह का यत्न अवश्य ही करना होगा, जिससे हम धीरे-धीरे साधना-पथ पर आगे बढ़कर अंत में मुक्तिलाभ क़र सकें।" ज्ञानी सोचते हैं, हम अधिक देर नहीं कर सकते। हम इसी क्षण चरम लक्ष्य पर पहुँचेंगे। वे कहते हैं, "हम नित्यमुक्त हैं, किसी काल में ही हम बद्ध नहीं हैं; हम अनंत काल से इस जगत के ईश्वर हैं। हमें तब पूर्ण कौन करेगा? हम नित्य पूर्णस्वरूप हैं।" जब कोई मनुष्य स्वयं पूर्णता को प्राप्त होता है, तब वह दूसरे में भी पूर्णता के दर्शन करने लगता है। लोग जब दूसरे में अपूर्णता देखते हैं, तब यह समझना होगा कि अपने निज के मन की छाप दूसरे पर पड़ने के कारण ही वे इस प्रकार

देखते हैं। उनके निज के भीतर यदि अपूर्णता न रहे तो वे किस प्रकार अपूर्णता देखेंगे? अतएव ज्ञानी पूर्णता-अपूर्णता की कुछ भी चिंता नहीं करते। उनके पक्ष में उनमें से किसी का भी अस्तित्व नहीं है। ज्योंही वे मुक्त होते हैं, वे फिर भला-बुरा नहीं देखते।

यह सब लीला है

27 मार्च, 1900 ई. को सैन फ्रांसिस्को में स्वामी विवेकानन्द द्वारा दिए गए 'लक्ष्य-1' व्याख्यान से उद्धृत अंश

हम जो कुछ सोचते हैं, वही बन जाते हैं। अगर तुम अपने को हीन पापी सोचते हो, तो तुम अपने को सम्मोहित करते हो- 'मैं दु:खी, रेंगने वाला कीड़ा हूँ।' जो नरक में विश्वास रखते हैं, वे मृत्यु के बाद उसी नरक में पड़ते हैं, जो स्वर्ग जाने को कहते हैं, वे स्वर्ग जाते हैं।

यह सब कौतुक है। हमें कुछ करना है, इसलिए पुण्य कर्म करें। पाप-पुण्य की परवाह कौन करता है? लीला! सर्वशक्तिमान ईश्वर लीला करता है। बस... तुम सर्वशक्तिमान ईश्वर लीला कर रहे हो। यदि तुम पार्श्व अभिनय करना चाहते हो और किसी भिक्षुक की भूमिका अदा करना चाहते हो, तो अपनी उस चाह के लिए किसी अन्य को दोष नहीं दे सकते। भिक्षुक बनने में तुमको रस मिल रहा है। तुम अपने वास्तविक स्वभाव को जानते हो कि तुम दिव्य हो। तुम हो तो राजा और स्वाँग रचते हो भिखारी का। ... यह सब खिलवाड़ है। इसे जानो और लीला करो। इसका सिर्फ यही मर्म है। तब इसे करो। सारा जगत विराट लीला है। सब कुछ अच्छा है, क्योंकि सब लीला है। यह नक्षत्र टूटता है और हमारी पृथ्वी से टकराता है और हम सब मर जाते हैं। यह भी लीला ही है। जिन क्षुद्र वस्तुओं से तुम्हारी इंद्रियों को सुख मिलता है, उन्हीं को तुम लीला मानते हो!

यहाँ एक अच्छा देवता और वहाँ एक खराब देवता है, जो बराबर इस फिराक में रहता है कि मुझसे जैसे ही कोई भूल हो वैसे ही मुझे दबोच ले। जब मैं

बालक था, तो मुझसे किसी ने कहा कि ईश्वर सब कुछ देखता है। मैं बिस्तर पर सोया तो ऊपर निहारने लगा और इस उम्मीद में था कि कमरे की छत खुलेगी, पर हुआ कुछ नहीं। हमारे अतिरिक्त दूसरा कोई हमें नहीं देख रहा है। अपनी आत्मा के अतिरिक्त और कोई भगवान नहीं; हमारी अनुभूति के अतिरिक्त और कोई प्रकृति नहीं। आदत हमारी दूसरी प्रकृति है; वही पहली प्रकृति भी है। बस प्रकृति का अर्थ यही है। मैं किसी चीज को दो या तीन बार दुहराता हूँ तो वह मेरी प्रकृति बन जाती है। दु:खी न हो! पश्चाताप न करो! जो हो गया, सो हो गया। अगर तुम अपने को जलाओगे तो उसका फल भोगोगे।

समझदार बनो। हम भूल करते हैं, इससे क्या? यह सब तो खिलवाड़ में है। अपने पूर्व में किए गए पापों पर वे पागल से होकर कराहते हैं, रोते हैं और क्या-क्या करते हैं। पश्चाताप मत करो! काम कर लेने के पश्चात उसे ध्यान में मत लाओ। बढ़े चलो! रुको मत। पीछे मुड़कर मत देखो! पीछे देखने से लाभ क्या होगा? तुमको न तो कुछ हानि होती है और न लाभ। तुम मक्खन के समान गलने नहीं जा रहे हो। स्वर्ग और नरक और शरीर-धारण, सब मूर्खतापूर्ण!

शुरू में तुम जितने मुक्त थे, उतने ही अब भी हो और हमेशा रहोगे। जो अपने को मुक्त जानता है, वह मुक्त है; जो अपने को बंधन में समझता है, वह बंधन में है। जीवन का अंत और उद्देश्य क्या है? कुछ नहीं, क्योंकि मैं जानता हूँ कि मैं पूर्ण हूँ। यदि तुम भिक्षुक हो, तो तुम्हारे उद्देश्य हो सकते हैं। मेरा कोई उद्देश्य नहीं, कोई चाह नहीं, कोई अर्थ नहीं। मैं तुम्हारे देश में आता हूँ, व्याख्यान देता हूँ- केवल कौतुकवश।

जीवन-गीत

भर्तृहरि द्वारा रचित 'वैराग्यशतकम्' का 31वां श्लोक इस प्रकार है-

भोगे रोगभयं कुले च्युतिभयं वित्ते नृपालाद्भयं
माने दैन्यभयं बले रिपुभयं रूपे जराया भयम्।

शास्त्रे वादिभयं गुणे खलभयं काये कृतान्ताद्भयं
सर्वं वस्तु भयान्वितं भुवि नृणां वैराग्यमेवाभयम्॥

वैराग्यशतक के उपर्युक्त श्लोक का हिंदी अनुवाद इस प्रकार है- भोगों में रोगों का डर है तो उच्च कुल को पतन का भय है। धन को राजा का डर है तथा आदर में दीनता का भय है। शक्ति शत्रु से भयभीत है तो रूप बुढ़ापे से त्रस्त है। शास्त्रज्ञ को प्रतिद्वंद्वी से आशंका है तो गुणी को बुरों से। देह मृत्यु के डर से सहमी रहती है। इस जगत में सभी कुछ भयग्रस्त है, केवल एक वैराग्य-भावना ही निर्भय रहती है।

स्वामी विवेकानन्द द्वारा कविताओं के संग्रह 'इन सर्च ऑफ गॉड एंड अदर पोइम्स' में वैराग्यशतक के उक्त श्लोक का अंग्रेजी रूपांतर स्वामी विवेकानन्द ने किया, जिसका हिंदी रूपांतर इस प्रकार है-

भोग में रोगभय, उच्चकुल में च्युतिभय,
धनी को है भय निरंकुश राजा का।
सम्मान में दैन्यभय, बल में शत्रु भय,
रूप में है भय जरा का॥
शास्त्रज्ञ को वादिभय, गुणी को खलभय,
देह को है भय मृत्यु का।
भयपूर्ण है सब इस जग में,
वैराग्य ही एक आधार निर्भय का॥

बीती बातों को भुला दें

18 नवंबर, 1896 ई. को लंदन में स्वामी विवेकानन्द द्वारा दिया गया व्याख्यान 'व्यावहारिक जीवन में वेदांत' के चौथे भाग से उद्धृत अंश

किसने तुम्हें मनुष्य बनाया? तुम्हारी अपनी इच्छा-शक्ति ने ही। यह इच्छा-शक्ति सर्वशक्तिमान है, तुम क्या यह अस्वीकार कर सकते हो अर्थात् नहीं कर सकते। जिसने तुम्हें इतना उन्नत बना दिया, वह तुम्हें और भी अधिक उन्नत कर सकती है। तुमको जरूरत है चरित्र की और इच्छा-शक्ति को सबल बनाने की। अतएव अगर मैं तुम्हें यह उपदेश दूँ कि तुम्हारी प्रकृति असत् है और यह कहूँ कि तुमने कुछ भूलें की हैं, इस कारण अब तुम अपना जीवन केवल पश्चाताप करने तथा रोने-धोने में ही व्यतीत करो तो इससे तुम्हारा कुछ भी उपकार न होगा, बल्कि उससे और भी दुर्बल हो जाओगे। ऐसा करना तुम्हें सत्य का मार्ग दिखाने के बजाय असत्पथ दिखाना होगा।

यदि हजारों वर्ष इस कमरे में अँधेरा रहे और तुम कमरे में आकर 'हाय! बड़ा अँधेरा है! बड़ा अँधेरा है!' कह-कहकर रोते रहो, तो क्या अँधेरा चला जाएगा? कभी नहीं। एक दियासलाई जलाते ही कमरा प्रकाश से भर उठेगा। इसलिए जीवन भर 'मैंने बहुत दोष किए हैं, मैंने बहुत अन्याय किया है' यह सोचने से क्या तुम्हारा कुछ भी उपकार हो सकेगा अर्थात् नहीं हो सकेगा। हममें बहुत से दोष हैं, यह किसी को बताना नहीं पड़ता। ज्ञान की अग्नि प्रज्वलित करो, एक पल में सब अशुभ चला जाएगा। अपने प्रकृत स्वरूप को पहचानो, प्रकृत 'मैं' को, उसी ज्योतिर्मय उज्ज्वल नित्यशुद्ध 'मैं' को प्रकाशित करो। हर एक मनुष्य में उसी आत्मा को जगाओ।

जीवित ईश्वर आप में बसते हैं

18 नवंबर, 1896 ई. स्वामी जी द्वारा लंदन में दिए गए व्याख्यान 'व्यावहारिक जीवन में वेदांत' के दूसरे भाग से उद्धृत अंश

वेदांत कहता है कि ऐसा कुछ है ही नहीं जो ईश्वर न हो। यह सुनकर तुममें से अनेक को भय हो सकता है, लेकिन तुम लोग धीरे-धीरे यह समझ जाओगे। जीवित ईश्वर तुम लोगों के भीतर रहते हैं, तब भी तुम मंदिर, गिरजाघर आदि

बनाते हो और सब प्रकार की काल्पनिक झूठी वस्तुओं में विश्वास करते हो। मनुष्य के शरीर में स्थित मानव-आत्मा ही एकमात्र उपास्य ईश्वर है। पशु भी भगवान के मंदिर हैं, परंतु मानव ही सर्वश्रेष्ठ मंदिर है ताजमहल जैसा। अगर मैं उसकी उपासना नहीं कर सका, तो अन्य किसी भी मंदिर से कुछ भी उपकार नहीं होगा। जिस पल मैं प्रत्येक मनुष्य-देहरूपी मंदिर में उपविष्ट ईश्वर की उपलब्धि कर सकूँगा, जिस पल मैं प्रत्येक मनुष्य के समक्ष भक्तिभाव से खड़ा हो सकूँगा और वास्तव में उनमें ईश्वर देख सकूँगा, जिस क्षण मेरे अंदर यह भाव आ जाएगा, उसी क्षण मैं सारे बंधनों से मुक्त हो जाऊँगा, बाँधने वाले

पदार्थ हट जाएँगे और मैं मुक्त हो जाऊँगा। यही सर्वाधिक व्यावहारिक उपासना है। मत-मतांतर से इसका कोई मतलब नहीं। लेकिन यह बात कहने से अनेक लोग डर जाते हैं। वे कहते हैं, यह ठीक नहीं है।

ईश्वर तुम्हारा है

10 नवंबर, 1896 ई. को लंदन में स्वामी जी द्वारा दिए गए व्याख्यान 'व्यावहारिक जीवन में वेदांत' के प्रथम भाग से उद्धृत अंश

बुद्धि आवश्यक है क्योंकि इसके बगैर हम अनेक भ्रमों में पड़ जाते हैं और गलतियाँ कर बैठते हैं। विचार-शक्ति उसका निवारण करती है। इसके अलावा बुद्धि की नींव पर अन्य कुछ निर्माण करने का प्रयास न करना। बुद्धि केवल एक गौण सहायक है निष्क्रिय है, वास्तविक सहायता तो भावना से-प्रेम से प्राप्त होती है। तुम क्या किसी दूसरे के लिए हृदय से अनुभव करते हो, अगर करते हो तो एकत्व के भाव में तुम विकास कर रहे हो। अगर नहीं, तो तुम 'भूतो न भविष्यति' एक बौद्धिक दैत्य भले ही हो, तुम कुछ हो नहीं सकोगे, केवल शुष्क बुद्धि हो और वही बने रहोगे। अगर तुम हृदय से अनुभव करते हो, तो एक भी पुस्तक न पढ़ सकने पर, कोई भाषा न जानने पर भी, तुम उचित मार्ग पर चल रहे हो। ईश्वर तुम्हारा है।

क्या विश्व के इतिहास में तुम्हें पैगंबरों की शक्ति के स्रोत का पता नहीं चला? यह शक्ति कहाँ थी? बुद्धि में! उनमें से क्या कोई दर्शन संबंधी सुंदर पुस्तक लिखकर छोड़ गया है; अथवा न्याय के कूट विचार लेकर कोई पुस्तक लिख गया है? किसी ने ऐसा नहीं किया। वे मात्र कुछ थोड़ी-सी बातें कह गए हैं। ईसा के समान भावना करो, तुम भी ईसा हो जाओगे; बुद्ध की भाँति भावना करो, तुम भी बुद्ध बन जाओगे। भावना ही जीवन है, भावना ही बल है, भावना ही तेज है, भावना के बिना कितनी ही बुद्धि क्यों न लगाओ, ईश्वर-प्राप्ति नहीं होगी। बुद्धि चलनशक्ति-शून्य अंग-प्रत्यंग की तरह है। जब भावना उसे अनुप्राणित करके गतियुक्त करती है, तब ही वह दूसरे के हृदय को स्पर्श करती है। संसार में हमेशा से ऐसा ही होता आया है, इसलिए यह बात तुम्हें अच्छी तरह याद रखनी चाहिए। हृदय ही सबसे अधिक महत्त्वपूर्ण है। हृदय के द्वारा ही भगवान का साक्षात्कार होता है, बुद्धि के द्वारा नहीं। बुद्धि केवल जमादार की तरह रास्ता साफ कर देती है। वह गौण सहायक है, पुलिस के समान है परंतु समाज के सुंदर परिचालन के लिए पुलिस की सकारात्मक आवश्यकता नहीं होती। उसका कार्य उपद्रव रोकना और अन्याय निवारण करना है। बुद्धि का कार्य भी इतना ही है।

किसी को दोष मत दो

26 जनवरी, 1896 ई. को स्वामी जी द्वारा दिए गए व्याख्यान 'विश्व-सूक्ष्म ब्रह्मांड' से उद्धृत अंश

जो लोग अपने दुःखों या कष्टों के लिए दूसरों को दोषी बनाते हैं और दुःख की बात तो यह है कि ऐसे लोगों की संख्या दिन-प्रतिदिन बढ़ती जा रही है, वे सामान्य रूप से अभागे और दुर्बल-मस्तिष्क हैं। अपने ही कर्म-दोष से वे ऐसी परिस्थिति में आ पड़े हैं और अब वे दूसरों को इसके लिए दोषी ठहरा रहे हैं। किंतु इससे उनकी दशा में थोड़ा भी परिवर्तन नहीं होता, उनका कोई उपकार

नहीं होता, बल्कि दूसरों पर दोष लादने का प्रयास करने के कारण वे और भी दुर्बल बन जाते हैं। इसलिए अपने दोष के लिए तुम किसी को उत्तरदायी न समझो, अपने ही पैरों पर खड़े होने का प्रयास करो, सब कामों के लिए अपने को ही उत्तरदायी समझो। कहो कि जिन कष्टों को हम अभी झेल रहे हैं, वे हमारे ही किए हुए कर्मों के फल हैं। अगर यह मान लिया जाए, तो यह भी सिद्ध हो जाता है कि वे फिर हमारे द्वारा नष्ट भी किए जा सकते हैं। जो कुछ हमने सृष्ट किया है, उसका हम ध्वंस भी कर सकते हैं; जो कुछ दूसरों ने किया है, उसका नाश हमसे कभी नहीं हो सकता। इसलिए उठो, साहसी बनो, वीर्यवान होओ। सारा उत्तरदायित्व अपने कंधे पर लो, यह हमेशा याद रखो कि तुम स्वयं अपने भाग्य के निर्माता हो। तुम जो कुछ बल या सहायता चाहो, सब तुम्हारे ही भीतर मौजूद है। अतएव इस ज्ञानरूप शक्ति के सहारे तुम बल प्राप्त करो और अपने हाथों अपना भविष्य गढ़ डालो। **गतस्य शोचना नास्ति-** अब तो समस्त भविष्य तुम्हारे सामने पड़ा हुआ है। तुम यह बात हमेशा याद रखो कि तुम्हारा प्रत्येक विचार, प्रत्येक कार्य संचित रहेगा और यह भी याद रखो कि जिस प्रकार तुम्हारे असत्-विचार और असत्-कार्य शेरों की तरह तुम पर कूद पड़ने की प्रतीक्षा में हैं, उसी प्रकार तुम्हारे सत्-विचार और सत्-कार्य भी हजारों देवताओं की शक्ति लेकर सदैव तुम्हारी रक्षा हेतु तैयार हैं।

यह संसार न अच्छा है न बुरा

स्वामी विवेकानन्द द्वारा न्यूयार्क में दिए गए भाषण 'वास्तविक और व्यावहारिक मनुष्य' से उद्धृत अंश

अगर संसार के नर-नारियों का दस लाखवाँ भाग भी बिलकुल चुप रहकर एक क्षण के लिए कहे, "तुम सभी ईश्वर हो; हे मानवो, हे पशुओ, हे सब प्रकार के जीवित प्राणियो! तुम सभी एक जीवंत ईश्वर के प्रकाश हो," तो आधा घंटे के अंदर ही समस्त जगत का परिवर्तन हो जाए। उस समय चारों ओर घृणा के

बीज न बोकर, ईर्ष्या और असत् चिंतन का प्रवाह न फैलाकर सभी देशों के लोग सोचेंगे कि सभी 'वह' हैं। जो कुछ तुम देख रहे हो अथवा अनुभव कर रहे हो, वह सब 'वही' है। तुम्हारे भीतर अशुभ न रहने पर तुम अशुभ किस प्रकार देखोगे? तुम्हारे भीतर अगर चोर न हो, तो तुम किस तरह चोर देखोगे? अगर तुम स्वयं खूनी नहीं हो, तो किस प्रकार खूनी देखोगे। साधु हो जाओ, तो असाधु-भाव तुम्हारे अंदर से पूर्णतया चला जाएगा। इस प्रकार सारे जगत का परिवर्तन हो जाएगा। यही समाज का सबसे बड़ा लाभ है। मनुष्य के लिए यही महान लाभ है। ये सब भाव भारत में प्राचीन काल में अनेक महात्माओं द्वारा आविष्कृत और कार्य-रूप में परिणत हुए थे।

हमें एक बात और समझनी होगी। हम कैसे जानते हैं कि प्रकृति ससीम है? दर्शन के द्वारा। प्रकृति उस अनंत का ही सीमाबद्ध भाव मात्र है। इसलिए वह सीमित है। अतएव एक समय ऐसा आएगा, जब हम बाहर की परिस्थितियों पर विजय प्राप्त कर लेंगे। उनको पराजित करने का तरीका क्या है? हम समस्त बाह्य परिवेश पर विजय प्राप्त नहीं कर सकते। यह असंभव है। छोटी मछली जल में रहने वाले अपने शत्रुओं से अपनी रक्षा करना चाहती है। वह किस प्रकार यह कार्य करती है? पंख विकसित करके पक्षी बनकर वह यह कार्य करती है। मछली ने जल अथवा वायु में कोई परिवर्तन नहीं किया। जो कुछ परिवर्तन हुआ, वह उसके अपने ही अंदर हुआ। परिवर्तन हमेशा 'अपने' ही अंदर होता है। समस्त क्रमविकास में तुम सब जगह देखते हो कि प्राणी में परिवर्तन होने से ही प्रकृति पर विजय प्राप्त होती है। इस तत्व का प्रयोग धर्म और नीति में करो, तब देखोगे कि यहाँ भी अशुभ पर जय अपने भीतर परिवर्तन के द्वारा ही होती है। सब कुछ अपने ऊपर निर्भर रहता है। इस 'अपने' पर जोर देना ही अद्वैतवाद की वास्तविक दृढ़ भूमि है। 'अशुभ, दुःख' की बात कहना ही भूल है, क्योंकि बाह्य जगत में इनका कोई अस्तित्व नहीं है। इन सब घटनाओं में स्थिर भाव से रहने का अगर मुझे अभ्यास हो जाए, तो फिर क्रोध को उत्पन्न करने वाले सैकड़ों कारण सामने आने पर भी मुझमें क्रोध का उद्रेक न होगा।

इस विजय को प्राप्त करने की प्रक्रिया यही है कि स्वयं के माध्यम से, स्वयं को ही पूर्ण बनाना। अतएव मैं यह कहने का साहस कर सकता हूँ कि अद्वैतवाद ही अकेला ऐसा धर्म है, जो आधुनिक वैज्ञानिकों के सिद्धांतों के साथ भौतिक और आध्यात्मिक दोनों दिशाओं में केवल मेल ही नहीं खाता, बल्कि उनसे भी आगे जाता है और इसी कारण वह आधुनिक वैज्ञानिकों को इतना भाता है।

एक रूपक

29 अक्टूबर, 1896 ई. को लंदन में स्वामी जी द्वारा दिए गए व्याख्यान 'अपरोक्षानुभूति' से उद्धृत अंश

आत्मा के संदर्भ में एक सुंदर उपमा दी गई है। आत्मा को रथी, शरीर को रथ, बुद्धि को सारथी, मन को लगाम और इंद्रियों को अश्वों की उपमा दी गई है। जिस रथ के घोड़े भली प्रकार प्रशिक्षित हैं, जिस रथ की लगाम मजबूत है और सारथी के द्वारा कसकर पकड़ी हुई है, वह रथी विष्णु के उस परम पद को पहुँच सकता है, परंतु जिस रथ के इंद्रियरूपी घोड़े दृढ़ भाव से संयत नहीं हैं तथा मनरूपी लगाम मजबूती से पकड़ी हुई नहीं है, वह रथी अंततः विनाश को प्राप्त होता है। सभी प्राणियों में अवस्थित आत्मा, नेत्र अथवा किसी दूसरी इंद्रिय के समक्ष प्रकाशित नहीं होती, लेकिन जिनका मन पवित्र है, वे ही उसे देख पाते हैं। जो शब्द, स्पर्श, रूप, रस और गंध से अतीत है, जो अव्यय है, जिसका आदि-अंत नहीं है, जो प्रकृति के अतीत है, अपरिणामी है, उसको जो प्राप्त करते हैं, वे मृत्युमुख से मुक्त हो जाते हैं। परंतु उसे पाना बहुत कठिन है। यह मार्ग तेज धार वाली छुरी पर चलने के समान अत्यंत दुर्गम है। मार्ग बहुत लंबा और जोखिम भरा है, परंतु निराश मत होओ, दृढ़तापूर्वक बढ़े लो- 'उठो, जागो और उस चरम लक्ष्य पर पहुँचने तक रुको मत'।

नैतिकता एवं धर्म

29 अक्टूबर, 1896 ई. को लंदन में स्वामी जी द्वारा दिए गए व्याख्यान 'अपरोक्षानुभूति' से उद्धृत अंश

शब्द-योजना का सुंदर कौशल, अलंकारिक शब्दों में वर्णन की अधिकाधिक क्षमता, शास्त्रों के श्लोकों की अनेक प्रकार से व्याख्या- ये सब मात्र पंडितों के आमोद की बातें हैं- धर्म नहीं। हमारी आत्मा में जब प्रत्यक्ष-अनुभूति शुरू होगी, तभी धर्म का प्रारंभ होगा। तभी तुम धार्मिक होगे और तभी नैतिक जीवन का भी प्रारंभ होगा। इस समय हम पशुओं की तुलना में अधिक नीतिपरायण नहीं हैं। केवल समाज के अनुशासन के डर से हम कुछ अनिष्ट नहीं करते। अगर समाज आज कह दे कि चोरी करने से अब दंड नहीं दिया जाएगा तो हम इसी समय दूसरे की संपत्ति लूटने को टूट पड़ेंगे। पुलिस ही हमें सच्चरित्र बनाती है। सामाजिक प्रतिष्ठा के समाप्त होने की आशंका ही हमें नीतिपरायण बनाती है और वस्तु-स्थिति तो यह है कि हम पशुओं से अधिक उन्नत नहीं हैं। हम जब अपने हृदय को टटोलेंगे, तभी समझ सकेंगे कि यह बात कितनी सत्य है। इसलिए आओ, इस कपट का त्याग करें। आओ, स्वीकार करें कि हम धार्मिक नहीं हैं और दूसरों से घृणा करने का हमें कोई अधिकार नहीं है। हम सभी वास्तव में भाई-भाई हैं और जब हमें धर्म की प्रत्यक्ष अनुभूति होगी, तभी हम नीतिपरायण होने की उम्मीद कर सकते हैं।

अगर तुमने कोई देश देखा है, तब फिर कोई व्यक्ति तुमसे चाहे कितना भी क्यों न कहे कि तुमने वह नहीं देखा है, तो भी तुम अपने हृदय में यह भली प्रकार जानते हो कि तुमने देखा है। इसी तरह जब तुम धर्म और ईश्वर को इस बाह्य जगत की भी अपेक्षा अधिक तीव्र रूप से प्रत्यक्ष कर लेते हो, तब कुछ भी तुम्हारे विश्वास को नष्ट नहीं कर सकता। तभी सच्चा विश्वास प्रारंभ होता है।

वेदांत की मूल बात यही है- धर्म का साक्षात्कार करो, केवल बातें करने से कुछ नहीं होगा। परंतु साक्षात्कार करना बहुत कठिन है। जो परमाणु के अंदर अति गुह्य रूप से रहता है, वही पुराण पुरुष प्रत्येक मानव-हृदय के गुह्यतम प्रदेश में निवास करता है। ऋषियों ने उसे अंतर्दृष्टि द्वारा उपलब्ध किया और सुख-दुःख दोनों के पार हो गए। धर्म और अधर्म, शुभ और अशुभ कर्म, सत् और असत्, इन सबके वे पार चले गए। जिसने उस पुराण पुरुष को देखा है, उसी ने यथार्थ सत्य का दर्शन किया है। तब फिर स्वर्ग का क्या हुआ? स्वर्ग के विषय में धारणा थी कि वह दुःखशून्य सुख है; अर्थात् हम ऐसा स्थान चाहते हैं, जहाँ संसार के सभी सुख हों और उसके दुःख नाममात्र को न हों। यह है तो बहुत सुंदर धारणा और बिलकुल स्वाभाविक भी है, पर यह पूर्णरूप से भ्रमात्मक है; क्योंकि पूर्ण सुख या पूर्ण दुःख नाम की कोई वस्तु है ही नहीं।

सभी वस्तुओं में ईश्वर को देखो

27 अक्टूबर, 1896 ई. को लंदन में स्वामी जी द्वारा दिए गए भाषण 'सभी वस्तुओं में ब्रह्मदर्शन' से उद्धृत अंश

बचपन से ही सुनता आ रहा हूँ कि सर्वत्र ब्रह्म-बुद्धि करो, सब ब्रह्ममय हो जाएगा और तब तुम संसार का ठीक-ठीक आनंद उठा सकोगे। किंतु जैसे ही हम संसार-क्षेत्र में उतरकर कुछ धक्के खाते हैं, वैसे ही हमारी सारी ब्रह्मबुद्धि उड़ जाती है। मैं मार्ग में सोचता जा रहा हूँ कि सभी लोगों में ईश्वर विराजमान हैं- इतने में एक बलवान व्यक्ति मुझे धक्का दे जाता है और मैं चारों कोने चित गिर पड़ता हूँ। बस! झट मैं उठता हूँ, सिर में खून चढ़ जाता है, मुट्ठियाँ बँध जाती हैं और मैं विचार-शक्ति खो बैठता हूँ। मैं बिलकुल पागल के समान हो जाता हूँ। स्मृति का भ्रंश हो जाता है और बस, मैं उस व्यक्ति में ईश्वर को न देख शैतान देखने लगता हूँ। जन्म से ही उपदेश मिलता है, सर्वत्र ईश्वर-दर्शन करो। सभी धर्म यही सिखाते हैं कि सभी वस्तुओं में, सब प्राणियों के अंदर, सर्वत्र ईश्वर-दर्शन करो।

विचार ही हमारी कार्य-प्रवृत्ति का नियामक है। मन को सर्वोच्च विचारों से भर लो, दिन-प्रतिदिन यही सब भाव सुनते रहो, महीने दर महीने इसी का चिंतन करो। पहले-पहल सफलता न भी मिले; लेकिन इससे कोई हानि नहीं, यह असफलता तो बिलकुल स्वाभाविक है, यह मानव जीवन का सौंदर्य है। इन असफलताओं के बिना जीवन क्या होता? अगर जीवन में इस असफलता को जय करने का प्रयास न रहता, तो जीवन धारण करने का कोई मतलब ही न रह जाता। उसके न रहने पर जीवन का कवित्व कहाँ रहता? यह असफलता, यह भूल रहने से हर्ज भी क्या? मैंने गाय को कभी झूठ बोलते नहीं सुना, फिर भी वह सदा गाय ही रहती है, मानव कभी नहीं हो जाती। अतएव अगर बार-बार असफल हो जाओ, तो भी क्या? कोई हानि नहीं, सहस्र बार इस आदर्श को हृदय में धारण करो और अगर सहस्र बार भी असफल हो जाओ, तो एक बार फिर प्रयास करो। सब जीवों में ब्रह्मदर्शन ही मानव का आदर्श है जाओ, सब वस्तुओं में उसको देखने में तुम सफल न होओ, तो कम से कम एक ऐसे व्यक्ति में, जिसे तुम सर्वाधिक प्रेम करते हो, उसके दर्शन करने का प्रयास करो, उसके बाद दूसरे व्यक्ति में दर्शन करने की कोशिश करो। इसी प्रकार तुम आगे बढ़ सकते हो। आत्मा के समक्ष तो अनंत जीवन पड़ा हुआ है। अध्यवसाय के साथ लगे रहने पर तुम्हारी मनोकामना अवश्य पूर्ण होगी।

चरम लक्ष्य की ओर

27 अक्टूबर, 1896 ई. को लंदन में स्वामी जी द्वारा दिए गए भाषण 'सभी वस्तुओं में ब्रह्मदर्शन' से उद्धृत अंश

जो व्यक्ति सत्य को न जानकर अबोध के समान संसार के भोग-विलास में लीन हो जाता है, समझ लो कि उसे ठीक मार्ग नहीं मिला, उसका पैर फिसल गया है। इसके दूसरी ओर जो व्यक्ति संसार को कोसता हुआ वन में चला जाता है, अपने शरीर को कष्ट देता रहता है, धीरे-धीरे सुखाकर स्वयं को मार डालता

है, अपने हृदय को शुष्क मरुभूमि बना लेता है, अपने सभी भावों को कुचल डालता है और कठोर, वीभत्स तथा रूखा हो जाता है, समझ लो कि वह भी मार्ग भूल गया है। ये दोनों दो छोर की बातें हैं, दोनों ही भ्रम की स्थिति में हैं- एक इस ओर तो दूसरा उस ओर। दोनों ही पथभ्रष्ट हैं और दोनों ही लक्ष्यभ्रष्ट हैं।

आदर्श हमसे बहुत दूर हैं और हम उनसे बहुत नीचे पड़े हैं, फिर भी हम जानते हैं कि हमें कम से कम एक आदर्श अपने सामने रखना आवश्यक है। इतना ही नहीं बल्कि हमें सर्वोच्च आदर्श रखना आवश्यक है। यह दुर्भाग्य ही है कि अधिकांश व्यक्ति इस संसार में बिना किसी आदर्श के ही जीवन के इस अंधकार भरे पथ पर भटकते फिरते हैं। जिसका एक निर्दिष्ट आदर्श है, वह अगर एक हजार भूलें करता है, तो यह निश्चित है कि जिसका कोई भी आदर्श नहीं है, वह पचास हजार भूलें करेगा। इसलिए एक आदर्श रखना अच्छा है। इस आदर्श के विषय में जितना हो सके, सुनना होगा; तब तक सुनना होगा, जब तक वह हमारे अंत:प्रदेश में प्रवेश नहीं कर जाता, हमारे मस्तिष्क में पैठ नहीं जाता, जब तक वह हमारे रक्त में प्रवेश कर उसकी एक-एक बूँद में घुल-मिल नहीं जाता, जब तक वह हमारे शरीर के अणु-परमाणु में व्याप्त नहीं हो जाता। इसलिए पहले हमें यह आत्म-तत्व सुनना होगा। कहा है- "हृदय पूर्ण होने पर मुख बोलने लगता है," और हृदय के इस प्रकार पूर्ण होने पर हाथ भी कार्य करने लगते हैं।

हम दुःखी क्यों होते हैं?

27 अक्टूबर, 1896 ई. को लंदन में स्वामी जी द्वारा दिए गए भाषण 'सभी वस्तुओं में ब्रह्मदर्शन' से उद्धृत अंश

हम जीवन की विपत्तियों और दु:खों को टाल सकते हैं। कुछ इच्छा मत करो फिर कौन हमें दु:खी करता है? हम जो कुछ दु:ख भोग करते हैं, वह वासना से ही उत्पन्न होता है। मान लो, तुम्हें कुछ चाहिए और जब वह पूरा नहीं होता तब दु:ख होता है। अगर इच्छा न रहे, तो दु:ख भी नहीं होगा। यहाँ

भी मुझे गलत समझ लेने की आशंका है, इसलिए यह स्पष्ट कर देना आवश्यक है कि वासनाओं, इच्छाओं के त्याग तथा समस्त दुःख से मुक्त हो जाने से मेरा अभिप्राय क्या है। दीवार में कोई वासना नहीं है, वह कभी दुःख नहीं भोगती। ठीक है, लेकिन वह कभी उन्नति भी तो नहीं करती। इस कुर्सी में कोई वासना नहीं है, कोई कष्ट भी उसे नहीं है, किंतु यह कुर्सी की कुर्सी ही रहेगी। सुख-भोग के भीतर भी एक गरिमा है और दुःख भोग के भीतर भी। अगर साहस करके कहा जाए, तो यह भी कह सकते हैं कि दुःख की उपयोगिता भी है। हम सभी अवगत हैं कि दुःख से कितनी बड़ी शिक्षा मिलती है। हमने जीवन में ऐसे सैकड़ों कार्य किए हैं, जिनके विषय में बाद में हमें पता लगता है कि वे न किए जाते, तो अच्छा होता, लेकिन फिर भी इन सब कार्यों ने हमारे लिए महान शिक्षक का कार्य किया है।

मैं अपने विषय में कह सकता हूँ कि मैंने कुछ अच्छे कार्य किए हैं, यह सोचकर भी मैं आनंदित हूँ और अनेक बुरे कार्य किए हैं, यह सोचकर भी आनंदित हूँ। मैंने कुछ सत्कार्य किया है, इसलिए भी सुखी हूँ और अनेक भूलें की हैं, इसलिए भी सुखी हूँ, क्योंकि उनमें से सभी ने मुझे कुछ न कुछ उच्च शिक्षा दी है। मैं इस समय जो कुछ हूँ, वह अपने पूर्व कर्मों और विचारों का फल स्वरूप हूँ। प्रत्येक कार्य और विचार का एक न एक फल हुआ है और ये फल ही मेरी उन्नति की समष्टि हैं।

अब यहाँ एक कठिन समस्या आती है। हम सभी जानते हैं कि वासना बहुत बुरी चीज है, लेकिन वासना-त्याग का अर्थ क्या है? फिर शरीर-रक्षा किस प्रकार होगी? इसका आत्मघाती उत्तर भी पहले के समान यही मिलेगा कि वासना का संहार करो और उसके साथ ही वासनायुक्त व्यक्ति को भी मार डालो।

किंतु यथार्थ समाधान यह है- ऐसी बात नहीं कि तुम धन-संपत्ति न रखो, आवश्यक वस्तुएँ और विलासिता की सामग्री न रखो। तुम जो-जो जरूरी समझते हो, सब रखो, यहाँ तक कि उसके अतिरिक्त वस्तुएँ भी रखो, इससे कोई नुकसान नहीं। किंतु तुम्हारा पहला और प्रधान कर्तव्य है- सत्य को जान

लेना, उसको प्रत्यक्ष कर लेना। यह धन किसी का नहीं है। किसी भी पदार्थ में स्वामित्व की भावना मत रखो। तुम भी कोई नहीं हो, मैं भी कोई नहीं हूँ, कोई भी कोई नहीं है। सब उस प्रभु की ही वस्तुएँ हैं। ईशोपनिषद् के प्रथम श्लोक में ही ईश्वर को सर्वत्र स्थापित करने के लिए कहा गया है। ईश्वर तुम्हारे भोग्य धन में है; तुम्हारे मन में जो सब वासनाएँ उठती हैं, उनमें है। अपनी वासना से प्रेरित होकर तुम जो-जो द्रव्य खरीदते हो, उनमें भी वही है; तुम्हारे सुंदर वस्त्रों में भी वह है और तुम्हारे सुंदर गहनों में भी वही है। इसी प्रकार विचार करना पड़ेगा। इसी प्रकार सब वस्तुओं को देखने पर तुम्हारी दृष्टि में सब कुछ परिवर्तित हो जाएगा। अगर तुम अपनी प्रत्येक गति में, अपने वस्त्रों में, अपने वार्तालाप में, अपने शरीर में, अपने चेहरे में- सभी वस्तुओं में ईश्वर की स्थापना कर लो, तो तुम्हारी आँखों में सारा दृश्य बदल जाएगा और जगत दुःखमय प्रतीत न होकर स्वर्ग में परिणत हो जाएगा।

वेदांत का सार तत्व

27 अक्टूबर, 1896 ई. को लंदन में स्वामी जी द्वारा दिए गए भाषण 'सभी वस्तुओं में ब्रह्मदर्शन' से उद्धृत अंश

यहाँ पर मैं वेदांत का वास्तविक उपदेश क्या है, यही कहूँगा। वेदांत शिक्षा देता है- 'जगत् को ब्रह्म-स्वरूप देखो।' वेदांत वस्तुतः जगत की भर्त्सना नहीं करता। यह ठीक है कि वेदांत में जिस प्रकार चूड़ांत वैराग्य का उपदेश है, उस प्रकार और कहीं भी नहीं है। किंतु इस वैराग्य का अर्थ शुष्क आत्महत्या नहीं है। वेदांत में वैराग्य का अर्थ है, जगत को ब्रह्म रूप देखना- जगत को हम जिस भावना से देखते हैं, उसे हम जैसा जानते हैं, वह जैसा हमारे समक्ष प्रतिभात होता है, उसका त्याग करना और उसके वास्तविक स्वरूप को पहचानना। उसे ब्रह्मस्वरूप देखो- वस्तुतः वह ब्रह्म के अतिरिक्त और कुछ भी नहीं है; इसी कारण सबसे प्राचीन उपनिषद् 'ईशोपनिषद्' में हम देखते हैं- **ईशावास्यमिदं**

सर्वं यत्किंच जगत्यां जगत् अर्थात् जगत में जो कुछ है, वह सब ईश्वर से आच्छन्न है।

सारे संसार को ईश्वर से ढक लेना होगा। यह किसी मिथ्या आशावादिता से नहीं, जगत के अशुभ और दुःख-कष्ट के प्रति आँखें बंद करके नहीं, बल्कि वास्तविक रूप से प्रत्येक वस्तु के भीतर ईश्वर के दर्शन द्वारा करना होगा। इसी तरह हमें संसार का त्याग करना होगा। और जब संसार का त्याग कर दिया, तब बाकी क्या रहा? ईश्वर। इस उपदेश का अभिप्राय क्या है? यही कि तुम्हारी स्त्री भी रहे, उससे कोई हानि नहीं, उसको छोड़कर जाना नहीं होगा, बल्कि इसी स्त्री में तुम्हें ईश्वर-दर्शन करना होगा। संतान का त्याग करो- इसका क्या मतलब है? क्या बाल-बच्चों को लेकर मार्ग में फेंक देना होगा, जैसा कि सभी देशों में कुछ नर-पशु करते हैं? निश्चित ही नहीं, कभी नहीं! वह तो पैशाचिक कार्य है, वह धर्म नहीं है। तो फिर क्या? अपने बच्चों में ईश्वर का दर्शन करो। इसी प्रकार सभी वस्तुओं के विषय में जानो। जीवन में, मरण में, सुख में, दुःख में, सभी स्थितियों में ईश्वर समान रूप से विद्यमान है। केवल आँखें खोलकर उसके दर्शन करो। वेदांत यही कहता है। तुमने जगत की जिस रूप में कल्पना कर रखी है, उसे छोड़ो, क्योंकि तुम्हारी कल्पना अत्यंत आंशिक अनुभूति पर, क्षीण तर्कना और युक्ति पर, तुम्हारी अपनी दुर्बलता पर आधारित है। उसे त्याग दो।

यह स्थापना अवश्य ही विराट है। परंतु वेदांत इसी को प्रमाणित करना, इसी की शिक्षा देना और प्रचार करना चाहता है। इसी विषय को लेकर वेदांत का प्रारंभ होता है।

मेरे मित्र, रोते क्यों हो?

स्वामी जी द्वारा लंदन में दिए गए भाषण 'मनुष्य का यथार्थ स्वरूप' से उद्धृत अंश

हे मित्र, तुम क्यों रोते हो? जन्म-मरण तुम्हारा भी नहीं है और मेरा भी नहीं। क्यों रोते हो? तुम्हें रोग-शोक कुछ भी नहीं है, तुम तो अनंत आकाश के समान

हो; उस पर विविध प्रकार के मेघ आते हैं और कुछ देर खेलकर न जाने कहाँ अन्तर्हित हो जाते हैं; किंतु वह आकाश जैसा पहले नीला था, वैसा ही नीला रह जाता है। इसी प्रकार के ज्ञान का अभ्यास करना होगा। हम संसार में पाप-ताप क्यों देखते हैं? किसी मार्ग में एक ठूँठ खड़ा था। एक चोर उधर से जा रहा था, उसने समझा कि वह कोई पहरे वाला है। अपनी प्रेमिका के आने की प्रतीक्षा करने वाले प्रेमी ने समझा कि वह उसकी प्रेमिका है। एक बच्चे ने जब उसे देखा, तो भूत समझकर डर के मारे चिल्लाने लगा। इस प्रकार अलग-अलग व्यक्तियों ने यद्यपि उसे भिन्न-भिन्न रूपों में देखा, तथापि वह एक ठूँठ के अलावा और कुछ भी न था। हम स्वयं जैसे होते हैं, जगत को भी

वैसा ही देखते हैं। मान लो, कमरे में मेज पर सोने की एक थैली रखी है और एक छोटा बच्चा वहाँ खेल रहा है। इतने में एक चोर वहाँ आता है और उस थैली को चुरा लेता है। तो क्या बच्चा यह समझेगा कि चोरी हो गई? नहीं बिलकुल नहीं। हमारे भीतर जो है, वही हम बाहर भी देखते हैं। बच्चे के मन में चोर नहीं है, इसलिए वह बाहर भी चोर नहीं देखता। सब प्रकार के ज्ञान के विषय में ऐसा ही है।

संसार के पाप-अत्याचार आदि की बात मन में न लाओ, किंतु रोओ कि तुम्हें संसार में अब भी पाप दिखता है। रोओ कि तुम्हें अब भी सर्वत्र अत्याचार दिखाई पड़ता है। और यदि तुम संसार का उपकार करना चाहते हो, तो संसार पर दोषारोपण करना छोड़ दो। उसे और भी दुर्बल मत बनाओ। आखिर ये सब पाप, दुःख आदि क्या हैं? ये सब दुर्बलता के ही फल हैं। लोग बचपन से ही शिक्षा पाते हैं कि वे दुर्बल हैं, पापी हैं। इस प्रकार की शिक्षा से संसार दिन-प्रतिदिन दुर्बल होता जा रहा है। उनको सिखाओ कि वे सब उसी अमृत की संतान हैं- और तो और, जिसके भीतर आत्मा का प्रकाश अत्यंत क्षीण है, उसे भी यही शिक्षा दो। बचपन से उनके मस्तिष्क में इस प्रकार के विचार प्रविष्ट हो जाएँ, जिनसे उनकी यथार्थ सहायता हो सके, जो उनको सबल बना दे, जिनसे उनका कुछ यथार्थ हित हो। दुर्बलता और अवसादकारक विचार उनके मस्तिष्क में प्रवेश ही न करें।

सचिंतन के स्रोत में शरीर को बहा दो, अपने मन से सदैव कहते रहो, 'मैं ही वह हूँ, मैं ही वह हूँ।' तुम्हारे मन में दिन-रात यह बात संगीत के समान झंकृत होती रहे और मृत्यु के समय भी तुम्हारे होठों पर 'सोऽहम्, सोऽहम्' खेलता रहे। यही सत्य है कि जगत की अनंत शक्ति तुम्हारे भीतर है।

माया का फंदा

22 अक्टूबर, 1896 ई. को लंदन में स्वामी जी द्वारा दिए गए व्याख्यान 'माया एवं मुक्ति' से उद्धृत एक कथा

नारद जी ने एक दिन श्रीकृष्ण से पूछा- "प्रभु, माया कैसी है, मैं देखना चाहता हूँ।" कुछ दिनों उपरांत श्रीकृष्ण नारद को लेकर एक मरुस्थल की ओर चले। बहुत दूर जाने के बाद श्रीकृष्ण नारद से बोले- "नारद, मुझे बड़ी तेज प्यास लगी है। क्या कहीं से थोड़ा-सा जल ला सकते हो?" नारद बोले- "प्रभु, ठहरिए, मैं अभी जल लेकर आया।" यह कहकर नारद चले गए।

कुछ दूर पर एक गाँव था, नारद वहीं जल की खोज में गए। एक मकान में जाकर उन्होंने दरवाजा खटखटाया। दरवाजा खुला और एक परम सुंदरी कन्या उनके सामने आकर खड़ी हुई। उसे देखते ही नारद सब कुछ भूल गए। प्रभु मेरी प्रतीक्षा कर रहे होंगे, वे प्यासे होंगे, हो सकता है, प्यास से उनके प्राण भी निकल जाएँ, ये सभी बातें नारद भूल गए। सब कुछ भूलकर वे उस कन्या के साथ बातचीत करने लगे। उस दिन वे अपने प्रभु के पास लौटे ही नहीं।

दूसरे दिन वे फिर से उस लड़की के घर आ उपस्थित हुए और उससे बातचीत करने लगे। धीरे-धीरे वार्तालाप ने प्रणय का रूप धारण कर लिया। तब नारद उस कन्या के पिता के पास जाकर उस कन्या के साथ विवाह करने की अनुमति माँगने लगे। विवाह हो गया। नव-दंपति उसी गाँव में रहने लगे। धीरे-धीरे उनके संतानें भी हुईं। इस प्रकार बारह वर्ष व्यतीत हो गए। इसी बीच नारद के ससुर मर गए और वे उनकी संपत्ति के उत्तराधिकारी हो गए। पुत्र-कलत्र,

भूमि, पशु, संपत्ति, घर आदि को लेकर नारद बड़े सुख-चैन से दिन व्यतीत करने लगे। कम से कम उन्हें तो यही प्रतीत होने लगा कि वे बड़े सुखी हैं। उसी समय उस देश में बाढ़ आई। रात के समय नदी दोनों कगारों को तोड़कर बहने लगी और सारा गाँव जलमग्न हो गया। मकान गिरने लगे; मानव और पशु बह-बहकर डूबने लगे, नदी की धार में सब कुछ बहने लगा।

नारद को भी भागना पड़ा। एक हाथ से उन्होंने स्त्री को पकड़ा, दूसरे हाथ से दो बच्चों को और एक बालक को कंधे पर बिठाकर वे उस भयंकर बाढ़ से बचने का प्रयास करने लगे। कुछ ही दूर जाने के बाद उन्हें लहरों का वेग बहुत तेज लगने लगा। कंधे पर बैठे हुए शिशु की नारद किसी प्रकार रक्षा न कर सके; वह गिरकर लहरों में बह गया। उसकी रक्षा करने की कोशिश में एक और बालक, जिसका हाथ वे पकड़े हुए थे, गिरकर डूब गया।

निराशा और दुःख से नारद आर्तनाद करने लगे। अपनी पत्नी को वे अपने शरीर की सारी ताकत लगाकर पकड़े हुए थे, अंततः तरंगों के वेग से पत्नी भी उनके हाथ से छूट गई और वे स्वयं तट पर जा गिरे। अब वे मिट्टी में लोटपोट होकर बड़े कातर स्वर से विलाप करने लगे।

इसी समय मानो किसी ने उनकी पीठ पर कोमल हाथ रखा और कहा- "बच्चे जल कहाँ है? तुम जल लेने गए थे न, मैं तुम्हारी प्रतीक्षा में खड़ा हूँ। तुम्हें गये आधा घंटा बीत चुका।" "आधा घंटा!" नारद चीख पड़े। उनके मन में तो बारह वर्ष बीत चुके थे और आधा घंटे के भीतर ही ये सभी दृश्य उनके मन में से होकर निकल गए! और यही माया है!

महान जीवन ही औरों को प्रेरणा देता है

8 जनवरी, 1900 ई. को लॉस एंजिलिस, कैलिफोर्निया में स्वामी जी द्वारा दिए गए भाषण 'मन की शक्तियाँ' से उद्धृत अंश

हमारे चारों ओर दुनिया में क्या हो रहा है, यह तो तुम देख ही रहे हो। अपना प्रभाव जमाना, यही दुनिया है। हमारी शक्ति का कुछ अंश तो हमारे शरीर-धारण के उपयोग में आता है और शेष का हरेक कण दूसरों पर अपना प्रभाव डालने में रात-दिन खर्च होता रहता है। हमारे शरीर, हमारे गुण, हमारी बुद्धि तथा हमारा आत्मिक बल- ये सब निरंतर दूसरों पर प्रभाव डालते आ रहे हैं। इसके विपरीत रूप में, दूसरों का प्रभाव हम पर पड़ता चला आ रहा है। हमारे चारो ओर यही चल रहा है। एक स्थूल उदाहरण लो। एक व्यक्ति तुम्हारे पास आता है, वह काफी पढ़ा-लिखा है, उसकी भाषा भी सुंदर है, वह तुमसे एक घंटा बात करता है, फिर भी वह अपना प्रभाव नहीं छोड़ जाता। दूसरा व्यक्ति आता है। वह गिने-चुने शब्द बोलता है। शायद वे व्याकरणशुद्ध और व्यवस्थित भी नहीं होते, किंतु फिर भी वह खूब असर कर जाता है। यह तो तुममें से अनेकों ने अनुभव किया होगा। इससे स्पष्ट है कि मनुष्य पर जो प्रभाव पड़ता है, वह केवल शब्दों द्वारा ही नहीं होता। शब्द, यही नहीं, विचार भी, शायद प्रभाव का एक-तृतीयांश ही उत्पन्न करते होंगे, किंतु शेष दो-तृतीयांश प्रभाव तो उसके व्यक्तित्व का ही होता है। जिसे तुम वैयक्तिक चुंबक कहते हो, वही प्रकट होकर तुमको प्रभावित कर देता है।

हम लोगों के परिवारों में मुख्य संचालक होते हैं। इनमें से कोई-कोई संचालक घर चलाने में सफल होते हैं, जबकि कोई सफल नहीं होते, ऐसा क्यों? जब हमें असफलता मिलती है, तो हम दूसरों को कोसते हैं। जैसे ही मुझे असफलता मिलती है, वैसे ही मैं कह उठता हूँ कि अमुक-अमुक मेरी असफलता के कारण हैं। असफलता आने पर व्यक्ति अपनी कमजोरी और अपने दोष को स्वीकार करना नहीं चाहता। प्रत्येक व्यक्ति यह दिखाने का प्रयास करता है कि वह निर्दोष है और सारा दोष वह किसी व्यक्ति पर, किसी वस्तु पर और अंत में दुर्भाग्य पर मढ़ना चाहता है। जब घर का प्रमुख कर्ता असफल हो, तो उसे अपने आप से यह प्रश्न पूछना चाहिए कि कुछ लोग अपना घर किस प्रकार इतनी अच्छी तरह चला सकते हैं तब दूसरे क्यों नहीं। तब तुम्हें पता चलेगा कि यह अंतर उस व्यक्ति के ही कारण है। उस व्यक्ति के व्यक्तित्व के कारण ही यह अंतर पड़ता है।

मानव जाति के बड़े-बड़े नेताओं की बात यदि ली जाए, तो हमें सदा यही दिखायी देगा कि उनका व्यक्तित्व ही उनके प्रभाव का कारण था। अब बड़े-बड़े प्राचीन लेखकों और विचारकों को लो। सच पूछो तो, वास्तविक और सच्चे विचार उन्होंने हमारे समक्ष कितने रखे हैं? अतीतकालीन नेताओं ने जो कुछ लिख छोड़ा है, उस पर विचार करो; उनकी लिखी हुई पुस्तकों को देखो और प्रत्येक का मूल्यांकन करो। असल, नए और स्वतंत्र विचार, जो अभी तक इस संसार में सोचे गए हैं, मात्र मुट्ठी भर ही हैं। उन लोगों ने जो विचार हमारे लिए छोड़े हैं, उनको उन्हीं की पुस्तकों में से पढ़ो, तो वे हमें कोई दिग्गज नहीं प्रतीत होते, लेकिन फिर भी हम यह जानते हैं कि अपने समय में वे दिग्गज व्यक्ति थे। इसका कारण क्या है? वे जो बहुत बड़े प्रतीत होते थे, वह मात्र उनके सोचे हुए विचारों या उनकी लिखी हुई पुस्तकों के कारण नहीं था और न उनके दिए हुए भाषणों के कारण ही था, बल्कि किसी एक दूसरी ही बात के कारण, जो अब निकल गई है, और वह है उनका व्यक्तित्व। जैसा मैं पहले कह चुका हूँ, व्यक्तित्व दो-तृतीयांश होता है और बाकी एक-तृतीयांश होता है- मनुष्य की बुद्धि और उसके कहे हुए शब्द। सच्चा मनुष्यत्व या उसका व्यक्तित्व ही वह वस्तु है, जो हम पर प्रभाव डालता है। हमारे कर्म केवल हमारे व्यक्तित्व की बाह्य अभिव्यक्ति मात्र हैं। प्रभावी व्यक्तित्व कर्म के रूप से प्रकट होगा ही। कारण के रहते हुए कार्य का आविर्भाव अवश्यंभावी है।

आध्यात्मिक साहस

स्वामी जी द्वारा लंदन में दिए गए भाषण 'मनुष्य का यथार्थ स्वरूप' से उद्धृत अंश

एक बार एक दिग्विजयी सम्राट भारत देश में आया। उसके गुरु ने उसे भारतीय साधुओं से साक्षात्कार करने का आदेश दिया था। बहुत खोज करने के बाद उसने देखा कि एक वृद्ध साधु एक पत्थर पर बैठे हैं। सम्राट ने उनसे कुछ देर बातचीत की और वह उनके ज्ञान से बड़ा प्रभावित हुआ। उसने साधु

को अपने साथ देश ले जाने की इच्छा व्यक्त की। साधु ने इसे अस्वीकार करते हुए कहा- "मैं इस वन में बड़े आनंद में हूँ।" सम्राट बोला- "मैं समस्त पृथ्वी का सम्राट हूँ। मैं आपको असीम ऐश्वर्य और उच्च पद-मर्यादा दूँगा।" साधु बोले- "ऐश्वर्य, पद-मर्यादा आदि किसी बात की मेरी इच्छा नहीं।" तब सम्राट ने कहा, "आप अगर मेरे साथ नहीं चलेंगे, तो मैं आपको मार डालूँगा।" इस पर साधु शांतिपूर्वक हँसे और बोले- "राजन, आज तुमने अपने जीवन में सबसे मूर्खतापूर्ण बात कही। तुम्हारी क्या हस्ती कि मुझे मार सको? सूर्य मुझे सुखा नहीं सकता, अग्नि मुझे जला नहीं सकती, तलवार मेरा संहार नहीं कर सकती, क्योंकि मैं तो जन्मरहित, अविनाशी, नित्य-विद्यमान, सर्वव्यापी, सर्वशक्तिमान आत्मा हूँ।" यह आध्यात्मिक साहस है और दूसरा है, शेर या सिंह का साहस।

1857 ई. के गदर के समय एक मुसलमान सिपाही ने एक संन्यासी महात्मा को बुरी तरह घायल कर दिया। हिंदू विद्रोहियों ने उस मुसलमान को पकड़ लिया और उसे स्वामी जी के पास लाकर कहा, "आप कहें, तो इसका वध कर दें।" संन्यासी ने उसकी ओर प्रशांतपूर्वक देखा और कहा- "भाई, तुम्हीं वह हो, तुम्हीं वह हो- **तत्त्वमसि**।" और कहते-कहते उन्होंने शरीर त्याग दिया। यह दूसरा उदाहरण है। यदि तुम ऐसे समाज की रचना नहीं कर सकते, जिसमें सर्वोच्च सत्य को स्थान मिले, अपने बाहुबल की, अपने पाश्चात्य संस्थानों की श्रेष्ठता की बात करनी व्यर्थ है।

हे नर-नारियों! उठो, आत्मा के विषय में जाग्रत होओ, सत्य में विश्वास करने का साहस करो, सत्य के अभ्यास का साहस करो। संसार को कोई सौ साहसी नर-नारियों की जरूरत है। अपने में वह साहस लाओ, जो सत्य को जान सके, जो जीवन में निहित सत्य को दिखा सके, जो मृत्यु से न डरे, बल्कि उसका स्वागत करे, जो मनुष्य को यह ज्ञान करा दे कि वह आत्मा है और सारे संसार में ऐसी कोई भी वस्तु नहीं, जो उसका विनाश कर सके। तब तुम मुक्त हो जाओगे। तब तुम अपनी वास्तविक आत्मा को जान लोगे। इस आत्मा के विषय में पहले श्रवण करना चाहिए, फिर मनन और तदुपरांत निदिध्यासन।

घास-फूस का टुकड़ा

स्वामी विवेकानन्द द्वारा अमेरिका में दिए गए भाषण 'आत्मानुभूति के सोपान' से उद्धृत अंश

हम सुखों के पीछे प्रतिदिन दौड़ते हैं और यही देखते हैं कि वे मिलने से पहले ही लुप्त हो जाते हैं, किंतु फिर भी पागलों के समान हम उसके पीछे दौड़ते ही जाते हैं। भारत में कोल्हू में बैल जोते जाते हैं। तेल निकालने के लिए बैल को गोल ही गोल घुमाया जाता है। बैल के कंधे पर जुआ होता है। जुए का एक सिरा आगे बढ़ा होता है। उसके एक छोर पर घास बाँध दी जाती है। फिर बैल की आँख इस प्रकार बाँध देते हैं कि वह केवल सामने ही देख सके। बैल अपनी गर्दन बढ़ाता है और घास खाने का प्रयास करता है। ऐसा करने से लकड़ी आगे धक्का खाती है। बैल दूसरी बार, तीसरी बार फिर प्रयत्न करता है और इसी प्रकार प्रयास करता जाता है, लेकिन वह घास उसके मुँह में कभी नहीं आती और वह गोल-गोल चक्कर लगाए ही जाता है। इधर कोल्हू में तेल पिरता जाता है।

इसी प्रकार हम भी प्रकृति, रुपए-पैसे, स्त्री-बच्चों के जन्मजात दास है। आकाश-कुसुम के समान उस घास को पाने के लिए हजारों जन्म तक हम चक्कर लगाए जाते हैं, लेकिन जो हम पाना चाहते हैं, वह हमें नहीं मिलता। प्रेम एक ऐसा ही बड़ा स्वप्न है। हम लोगों को प्यार करते हैं और चाहते हैं कि लोग हमें प्यार करें। हम समझते हैं कि हम सुखी होने वाले हैं और हम पर दुःख कभी न आएगा, परंतु जितना ही हम सुख की ओर जाते हैं, उतना ही अधिक वह हमसे दूर भागता जाता है। इसी प्रकार संसार चल रहा है और इसी प्रकार समाज। हम अंधे गुलाम जैसे उसके लिए भुगतते हैं और यह भी नहीं समझते कि हम भुगत रहे हैं। तुम जरा अपनी ही जिंदगी की ओर देखो, तुम्हें ज्ञात होगा कि कितना थोड़ा सुख इस जीवन में है और मृगजल के पीछे दौड़ने के समान इन भोगों का पीछा करते हुए वस्तुतः कितना थोड़ा सुख तुम्हारे हाथ आया है।

हममें से प्रत्येक के जीवन की यही कहानी है। प्रकृति का हम पर ऐसा भीषण प्रभाव है कि उसके द्वारा बार-बार ठुकराए जाने पर भी ज्वर-उन्माद में हम उसका पीछा करते ही जाते हैं। हम निराशा में भी आस लगाए बैठे रहते हैं। यह आशा- यह मरीचिका हमें पागल बनाए हुए है। सुख पाने की आशा हममें सदैव बनी ही रहती है।

प्रेम ही चिर स्थायी है

31 जुलाई, 1894 ई. को ग्रीनेकर सराय से स्वामी विवेकानन्द द्वारा कुमारी मेरी हेल तथा कुमारी हैरियट हेल को लिखित एक पत्र से उद्धृत अंश

जीवन क्षणस्थायी है, एक क्षणिक स्वप्न, यौवन तथा सौंदर्य नश्वर है। इसलिए दिन-रात यही जपते रहो- "तुम्हीं मेरे पिता हो, माता हो, पति हो, प्रिय हो, प्रभु हो तथा ईश्वर हो- तुम्हारे अतिरिक्त मुझे और कुछ भी नहीं चाहिए, कुछ भी नहीं चाहिए, कुछ भी नहीं चाहिए। तुम मुझमें हो, मैं तुममें हूँ- तुममें और मुझमें कोई अंतर नहीं।" धन नष्ट हो जाता है, सौंदर्य लुप्त हो जाता है, जीवन तेजी से समाप्त हो जाता है तथा शक्ति नष्ट हो जाती है, परंतु प्रभु चिरकाल विद्यमान रहते हैं, प्रेम सतत बना रहता है। यदि इस शरीररूपी यंत्र को बनाए रखने में किसी प्रकार का गौरव माना जाए तो दैहिक कष्टों से आत्मा को अलग रखना उससे कहीं अधिक गौरव की बात है। जड़ के साथ किसी प्रकार का संपर्क न रखना ही इस बात का एकमात्र प्रमाण है कि तुम जड़ नहीं हो।

ईश्वरासक्त हो जाओ। देह का या कुछ और का क्या हो, उसकी क्या चिंता! पाप की विभीषिका में यही बात कहो कि हे मेरे प्रभु! हे मेरे प्रिय! मृत्यु के समय होने वाली पीड़ा में भी यही कहो कि हे मेरे भगवन! हे मेरे प्रिय! संसार के सभी पापों में भी यही कहते रहो कि हे मेरे भगवन! हे मेरे प्रिय! तुम यहीं हो, मैं तुम्हें देख रहा हूँ। तुम मेरे साथ हो, मैं तुम्हारा अनुभव कर रहा हूँ। मैं तुम्हारा हूँ, मुझे ग्रहण करो।

यह जीवन एक महान सुयोग है- क्या तुम इसकी अवहेलना कर सांसारिक सुख के जाल में फँसना चाहते हो? वे निखित आनंद के मूल स्रोतस्वरूप हैं, उस परम श्रेयस का अनुसंधान करो, उस परम श्रेयस को ही अपने जीवन का लक्ष्य बनाओ और तुम परम श्रेयस को प्राप्त हो जाओगे।

मनुष्य अपना भाग्य-निर्माता स्वयं है

स्वामी विवेकानन्द द्वारा 'मनुष्य अपना भाग्य विधाता' शीर्षक से दिए गए व्याख्यान, प्रवचन या कक्षालाप से उद्धृत अंश

लंदन में एक युवक स्वामी जी से पूछता था कि अगले वर्ष मेरी दशा कैसी होगी? स्वामी जी ने उससे प्रश्न किया कि तुम मुझसे ऐसा क्यों पूछते हो? वह कहने लगा- "मेरे सब पैसे नष्ट हो गए और मैं निर्धन हो गया हूँ।" पैसा ही बहुत से लोगों का एकमात्र ईश्वर होता है। निर्बल व्यक्ति, जब सब कुछ गँवाकर स्वयं को दुर्बल अनुभव करते हैं, तब पैसा पाने के लिए ऊल-जलूल उपाय करते हैं और ज्योतिष तथा इन सब चीजों का आश्रय लेते हैं। संस्कृत में एक कहावत है- 'जो कापुरुष और मूर्ख है वह कहता है यह भाग्य है।'

इसके विपरीत वह बलवान पुरुष है जो खड़ा हो जाता है और कहता है- 'मैं अपने भाग्य का निर्माण करूँगा।'

किसी ज्योतिषी के विषय में एक प्राचीन कथा है कि एक राजा के यहाँ जाकर उसने कहा- "छः महीने में आपकी मृत्यु हो जाएगी।" राजा डरकर हतबुद्धि हो गया और भयवश वहीं तत्काल प्रायः मरणासन्न हो गया। परंतु उसका मंत्री चतुर व्यक्ति था। उसने राजा से कहा कि ये ज्योतिषी मूर्ख होते हैं। मंत्री की बात पर राजा को विश्वास नहीं हुआ। इससे मंत्री को इसके अलावा अन्य कोई उपाय न सूझा कि वह ज्योतिषी को महल में पुनः बुलाए और राजा को समझाए कि ये ज्योतिषी मूर्ख होते हैं। तब उसने ज्योतिषी से पूछा कि क्या

तुम्हारी गणना सही है। ज्योतिषी ने कहा कि कोई गलती नहीं हो सकती। किंतु मंत्री को संतुष्ट करने के लिए उसने पूरी गणना पुनः की और तब कहा कि वह बिलकुल ठीक है। राजा का चेहरा फीका पड़ गया। मंत्री ने ज्योतिषी से पूछा- "और आपकी मृत्यु कब होगी, इस विषय में आप क्या सोचते हैं?" उत्तर मिला, बारह वर्ष में। मंत्री ने तलवार खींच ली और ज्योतिषी का सिर धड़ से अलग कर दिया और राजा से कहा- "इस मिथ्यावादी को तो आप देख रहे हैं, यह इसी क्षण मर गया।"

निर्भीकता का संदेश

परमकुड़ी में स्वामी जी की सेवा में एक मानपत्र भेंट किया गया, इसके उत्तर में उन्होंने जो कहा, उससे उद्धृत अंश

शास्त्र निर्देश करते हैं कि अविद्या ही सब प्रकार के अनिष्टों का मूल है। आखिर ईश्वर तथा मानव में, साधु तथा असाधु में प्रभेद किस कारण होता है? केवल अज्ञान से। बड़े से बड़े मनुष्य तथा तुम्हारे पैर के नीचे रेंगने वाले कीड़े में प्रभेद क्या है? प्रभेद होता है केवल अज्ञान से, क्योंकि उस छोटे-से रेंगते हुए कीड़े में भी वही अनंत शक्ति वर्तमान है, वही ज्ञान है, वही शुद्धता है, यहाँ तक कि साक्षात अनंत ईश्वर विद्यमान हैं। अंतर मात्र यही है कि उसमें यह सब अव्यक्त रूप में है; आवश्यकता है इसी को व्यक्त करने की।

भारतवर्ष को यही एक महान सत्य समस्त विश्व को सिखाना है, क्योंकि यह अन्यत्र कहीं नहीं है। यही आध्यात्मिकता है, यही आत्मविज्ञान है।

वह क्या है जिसके सहारे व्यक्ति खड़ा होता है और काम करता है?- वह है बल। बल ही पुण्य है तथा दुर्बलता ही पाप है। उपनिषदों में अगर कोई एक ऐसा शब्द है जो वज्र-वेग से अज्ञान-राशि के ऊपर पतित होता है, उसे तो बिलकुल उड़ा देता है, वह है 'अभी:'- निर्भयता। विश्व को यदि किसी एक धर्म की शिक्षा

देनी चाहिए तो वह है 'निर्भीकता'। यह सच है कि इस ऐहिक जगत में अथवा आध्यात्मिक जगत में भय ही पतन तथा पाप का कारण है। भय से ही दुःख होता है, यही मृत्यु का कारण है तथा इसी के कारण सारी बुराई होती है। और भय होता क्यों है? आत्मस्वरूप के अज्ञान के कारण भय होता है। हममें से प्रत्येक व्यक्ति सम्राटों के सम्राट का भी उत्तराधिकारी है, क्योंकि हम उस ईश्वर के ही तो अंश हैं। इतना ही नहीं, बल्कि अद्वैत मतानुसार हम स्वयं ही ईश्वर हैं, ब्रह्म हैं, यद्यपि आज हम अपने को मात्र एक छोटा-सा आदमी समझकर अपना वास्तविक स्वरूप भूल बैठे हैं। उस स्वरूप से हम भ्रष्ट हो गए हैं और इसी कारण आज हमें यह भेद प्रतीत होता है कि मैं अमुक आदमी से श्रेष्ठ हूँ अथवा वह मुझसे श्रेष्ठ है आदि। यह एकत्व की शिक्षा ही एक ऐसी चीज है जो आज भारत को दूसरों को देनी है और यह ध्यान रहे कि जब यह समझ लिया जाता है, तब समस्त दृष्टिकोण ही बदल जाता है, क्योंकि अब तो पहले की अपेक्षा तुम जगत को एक दूसरी दृष्टि से देखने लगते हो। फिर यह संसार वह रणक्षेत्र नहीं रह जाता जहाँ प्रत्येक प्राणी इसलिए जन्म लेता है कि वह दूसरों से लड़ता रहे, जो बलवान हो, वह दूसरों पर विजय प्राप्त कर ले तथा जो कमजोर है, वह पिस जाए। फिर यह एक क्रीड़ास्थल बन जाता है जहाँ स्वयं भगवान एक बालक के समान खेलते हैं और हम लोग उनके खेल के साथी तथा उनके कार्य के सहायक हैं।

शास्त्रों का कथन यही है कि बस, हिम्मत न हारो, क्योंकि तुम तो सदैव वही हो; तुम कुछ भी करो, अपने वास्तविक स्वरूप को तुम नहीं बदल सकते। और फिर प्रकृति स्वयं ही प्रकृति को नष्ट कैसे कर सकती है? तुम्हारी प्रकृति तो नितांत शुद्ध है। यह चाहे लाखों वर्ष तक क्यों न छिपी ढकी रहे, किंतु अंत में इसकी विजय होगी तथा यह अपने को अभिव्यक्त करेगी ही। इसलिए अद्वैत प्रत्येक व्यक्ति के हृदय में आशा का संचार करता है, न कि निराशा का। वेदांत कभी भय से धर्म का आचरण करने को नहीं कहता। वेदांत की शिक्षा कभी ऐसे शैतान के विषय में नहीं होती, जो निरंतर इस ताक में रहता है कि तुम्हारा पैर फिसले और वह तुम्हें अपने अधिकार में कर ले। वेदांत में शैतान का उल्लेख ही

नहीं है। वेदांत की शिक्षा यही है कि अपने भाग्य के निर्माता हम ही हैं। तुम्हारा यह शरीर तुम्हारे ही कर्मों के अनुसार बना है, और किसी ने तुम्हारे लिए वह गठित नहीं किया है। सर्वव्यापी ईश्वर तुम्हारे अज्ञान के कारण तुमसे छिपा रहा है और इसका दायित्व तुम्हारे ही ऊपर है। इसलिए अगर आज यह बात सच है कि तुम स्वयं अपने शरीर का निर्माण करते हो तो वह बात भविष्य और भूत के लिए भी लागू होती है। समस्त अच्छाई या बुराई का दायित्व तुम्हारे ही ऊपर है। यही एक बड़ी आशाजनक बात है। जिसे हमने बनाया है, उसको हम बिगाड़ भी सकते हैं।

गुरु की आवश्यकता

स्वामी विवेकानन्द द्वारा लिखित भक्तियोग के अंतर्गत 'गुरु की आवश्यकता' शीर्षक लेख से उद्धृत अंश

'हम स्वयं ही अपना भाग्य निर्णय कर रहे हैं' इस बात से यह नहीं समझ लेना चाहिए कि हमें किसी बाहरी सहायता की जरूरत ही नहीं है, बल्कि अधिकांश स्थलों में तो इस प्रकार की सहायता बहुत जरूरी होती है। जब ऐसी सहायता प्राप्त होती है तब आत्मा की उच्चतर शक्तियाँ और संभावनाएँ उद्दीप्त हो जाती हैं, आध्यात्मिक जीवन जाग्रत हो जाता है, उसकी उन्नति वेगवान हो जाती है और अंततः साधक पवित्र तथा सिद्ध हो जाता है। यह संजीवनी-शक्ति पुस्तकों से नहीं मिल सकती। इस शक्ति की प्राप्ति तो एक आत्मा एक दूसरी आत्मा से ही कर सकती है, अन्य किसी से नहीं।

हम भले ही सारा जीवन पुस्तकों का अध्ययन करते रहें और बड़े बौद्धिक हो जाएँ, किंतु अंततः हम देखेंगे कि हमारी थोड़ी भी आध्यात्मिक उन्नति नहीं हुई है। यह बात सच नहीं कि उच्च स्तर के बौद्धिक विकास के साथ-साथ व्यक्ति के आध्यात्मिक पक्ष की भी उतनी ही उन्नति होगी। पुस्तकों का अध्ययन करते समय हमें कभी-कभी यह भ्रम हो जाता है कि इससे हमें आध्यात्मिक सहायता

मिल रही है, किंतु अगर हम ऐसे अध्ययन से अपने में होने वाले फल का विश्लेषण करें, तो देखेंगे कि उससे हमारी बुद्धि को ही कुछ लाभ होता है, हमारी अंतरात्मा को नहीं। पुस्तकों का अध्ययन हमारे आध्यात्मिक विकास के लिए पर्याप्त नहीं है। यही कारण है कि यद्यपि लगभग हम सब आध्यात्मिक विषयों पर बड़ी पांडित्यपूर्ण बातें कर सकते हैं लेकिन जब उन बातों को कार्यरूप में परिणत करने का, यथार्थ आध्यात्मिक जीवन बिताने का मौका आता है, तो हम अपने को सर्वथा अयोग्य पाते हैं। जीवात्मा की शक्ति को जाग्रत करने के लिए किसी दूसरी आत्मा से ही शक्ति का संचार होना चाहिए।

जिस व्यक्ति की आत्मा से दूसरी आत्मा में शक्ति का संचार होता है, उसे गुरु कहते हैं और जिसकी आत्मा में यह शक्ति संचारित होती है, वह शिष्य कहलाता है। किसी भी आत्मा में इस प्रकार संचार-शक्ति करने के लिए जरूरी है कि पहले तो, जिस आत्मा से यह संचार होता हो, उसमें स्वयं इस संचार की शक्ति विद्यमान रहे और दूसरे, जिस आत्मा में यह शक्ति संचारित की जाए, वह इसे ग्रहण करने योग्य हो। बीज सजीव हो तथा भूमि भी अच्छी जुती हुई हो, और जब ये दोनों बातें मिल जाती हैं, तो वहाँ वास्तविक धर्म का अभूतपूर्व विकास होता है। कठोपनिषद् (1/2/7) में कहा गया है- **आश्चर्योवक्ता कुशलोऽस्यलब्धा**। अर्थात् यथार्थ धर्म-गुरु में अपूर्व योग्यता होनी चाहिए और उसके शिष्य को भी कुशल होना चाहिए। जब दोनों ही अद्भुत और असाधारण होते हैं, तभी अद्भुत आध्यात्मिक जागृति होती है, अन्यथा नहीं।

साधक की योग्यताएँ

स्वामी जी द्वारा दिए गए व्याख्यान 'राजयोग पर छः पाठ' की भूमिका से उद्धृत अंश

केवल ईश्वर ही हमारा लक्ष्य है। उसकी प्राप्ति न हो पाना ही हमारी मृत्यु है। सफलता-प्राप्ति के इच्छुक साधक के लिए तीन बातों की आवश्यकता है- पहली

है ऐहिक और पारलौकिक इंद्रिय भोग-वासना का त्याग और केवल भगवान तथा सत्य को लक्ष्य बनाना। हम यहाँ सत्य की उपलब्धि के लिए हैं, भोग के लिए नहीं। भोग पशुओं के लिए छोड़ दो, जिनको हमारी अपेक्षा उसमें कहीं अधिक आनंद प्राप्त होता है। मानव एक विचारशील प्राणी है और मृत्यु पर विजय तथा प्रकाश को प्राप्त कर लेने तक उसे संघर्ष करते ही रहना चाहिए। उसे व्यर्थ की बातचीत में अपनी शक्ति नष्ट नहीं करनी चाहिए। समाज की पूजा तथा लोकप्रिय जनमत मूर्ति-पूजा ही है। आत्मा का लिंग, देश, स्थान अथवा काल नहीं होता।

दूसरी है सत्य और भगवत्प्राप्ति की तीव्र आकांक्षा। जल में डूबता व्यक्ति जिस प्रकार वायु के लिए व्याकुल होता है, ठीक उसी प्रकार व्याकुल हो जाओ। केवल ईश्वर को ही चाहो और कुछ भी स्वीकार न करो, जो आभासी मात्र है, उससे धोखा न खाओ। सबसे विमुख रहकर मात्र ईश्वर की खोज करो।

तीसरी बात में छः अभ्यास शामिल हैं-

(1) मन को बहिर्मुख न होने देना।

(2) इंद्रिय-निग्रह।

(3) मन को अंतर्मुख बनाना।

(4) निर्विरोध सहिष्णुता या पूर्ण तितिक्षा।

(5) मन को एक भाव में स्थिर रखना। ध्येय को सामने रखो और उसका चिंतन करो। कभी अलग न करो। समय की गणना न करो।

(6) अपने स्वरूप का निरंतर चिंतन करो।

अंधविश्वास का पूर्णतया परित्याग कर दो। अपनी तुच्छता के विश्वास में अपने को सम्मोहित न करो। जब तक तुम ईश्वर के साथ एकात्मकता की अनुभूति (वास्तविक अनुभूति) न कर लो, तब तक रात-दिन अपने आपको बताते रहो कि तुम वास्तव में क्या हो। इन साधनाओं के बगैर कोई भी फल प्राप्त नहीं हो सकता।

क्या हम स्वर्ग के अधिकारी हैं?

स्वामी जी द्वारा दिए गए 'ज्ञानयोग पर प्रवचन' मूल रूप में एक अमेरिकन शिष्या कुमार एस. ई. वाल्डो द्वारा लेखबद्ध किए गए। स्वामी सारदानंद ने 1896 ई. में अमेरिका प्रवास के दौरान इनकी प्रतिलिपि कर ली थी। उसी प्रवचन के आठवें भाग से उद्धृत अंश

कुछ दीन मछुआ स्त्रियों ने भीषण तूफान में फँसकर एक संपन्न व्यक्ति के बगीचे में शरण प्राप्त की। उसने उन सभी का दयापूर्वक स्वागत किया, उन्हें भोजन दिया और जिनके सुवास से वायुमंडल परिपूर्ण था, ऐसे पुष्पों से घिरे हुए एक सुंदर ग्रीष्म ऋतु के अनुकूल आवास में विश्राम करने के लिए छोड़ दिया। स्त्रियाँ इस सुगंधित स्वर्ग में लेटीं तो, परंतु सो न सकीं। अंततः एक स्त्री उठी और उस स्थान को गई जहाँ कि वे अपनी मछली की टोकरियाँ छोड़ आई थीं। वह उन टोकरियों को ग्रीष्मावास में ले आईं और तब एक बार फिर परिचित वास से सुखी होकर वे सब जल्दी ही गहरी नींद में सो गईं।

संसार मछली की हमारी वह टोकरी न बन जाए, जिस पर हमें आनंद हेतु निर्भर होना पड़े। यह तामसिक या तीनों गुणों में से निम्नतम द्वारा बँधना है। इनके बाद वे अहंवादी आते हैं जो हमेशा 'मैं', 'मैं' की बात करते हैं। कभी-कभी वे अच्छा काम करते हैं और आध्यात्मिक बन सकते हैं। ये राजसिक या सक्रिय हैं। सर्वोच्च अंतर्मुख स्वभाव वाले सात्त्विक हैं, जो आत्मा में ही रहते हैं। ये तीन गुण प्रत्येक मनुष्य में भिन्न अनुपात में हैं और विभिन्न गुण विभिन्न अवसरों पर प्रधानता प्राप्त करते हैं। हमें तमस् और रजस् को जीतने का और तब उन दोनों को सत्त्व में मिला देने का अवश्य प्रयास करना चाहिए।

हम जो सोचते हैं वही हो जाते हैं

स्वामी जी द्वारा अमेरिका में दिए गए 'ज्ञानयोग पर प्रवचन' के छठे भाग से उद्धृत अंश

विचार बहुत महत्त्वपूर्ण होता है क्योंकि 'जो कुछ हम सोचते हैं, वही हम हो जाते हैं।' एक समय एक संन्यासी एक पेड़ के नीचे बैठता था और लोगों को पढ़ाता था। वह मात्र दूध पीता था और फल खाता था तथा असंख्य प्राणायाम करता था। इस कारण वह अपने को बहुत पवित्र समझता था। उसी गाँव में एक कुलटा स्त्री रहती थी। संन्यासी प्रतिदिन उसके पास जाता था और उसे चेतावनी देता था कि उसकी दुष्टता उसे नरक का भागी बनाएगी। बेचारी स्त्री अपने जीवन का ढंग नहीं बदल पाती थी, क्योंकि वही उसकी आजीविका का एकमात्र उपाय था, फिर भी वह उस भयंकर भविष्य की कल्पना से सहम जाती थी, जिसे संन्यासी ने उसके सामने चित्रित किया था। वह रोती थी और प्रभु से प्रार्थना करती थी कि वे उसे क्षमा करें क्योंकि वह अपने को रोक नहीं पाती थी।

कालांतर में कुलटा स्त्री और संन्यासी दोनों ही मरे। स्वर्ग-दूत आए और उस स्त्री को स्वर्ग ले गए, जबकि संन्यासी की आत्मा को यमदूतों ने पकड़ा। वह चिल्लाया- "ऐसा क्यों? क्या मैंने पवित्रतम जीवन नहीं बिताया है और प्रत्येक व्यक्ति को पवित्र होने की शिक्षा प्रदान नहीं की है? मैं नरक में क्यों ले जाया जाऊँ, जब कि यह कुलटा स्त्री स्वर्ग ले जाई जा रही है।"

यमदूतों ने उत्तर दिया- "क्योंकि जब वह अपवित्र कार्य करने को विवश थी, उसका मन हमेशा ईश्वर में लगा रहता था और वह मुक्ति माँगती थी, जो अब उसे मिली है। लेकिन इसके विपरीत तुम यद्यपि पवित्र कार्य ही करते थे, लेकिन अपना मन सदा दूसरों की दुष्टता पर ही रखते थे, तुम केवल पाप देखते थे और केवल पाप का ही विचार करते थे और इसलिए अब तुम्हें उस स्थान को जाना पड़ रहा है, जहाँ केवल पाप ही पाप है।

इस कहानी की शिक्षा स्पष्ट है। बाह्य जीवन कम महत्त्व का होता है, हृदय शुद्ध होना चाहिए और शुद्ध हृदय केवल शुभ को ही देखता है, अशुभ को कभी नहीं देखता। हमें मानव जाति के अभिभावक बनने का कभी प्रयास नहीं करना चाहिए, न कभी पापियों का सुधार करने वाले संत के रूप में वक्तृता-मंच पर

खड़े होना चाहिए। अच्छा हो, अगर हम अपने को पवित्र करें, फलस्वरूप हम दूसरे की यथार्थ सहायता भी करेंगे।

आम खाओ और आनंद करो

स्वामी विवेकानन्द द्वारा भक्तियोग के अंतर्गत 'गुरु और शिष्य के लक्षण' पर दिए गए व्याख्यान से उद्धृत अंश

गुरु के विषय में यह जान लेना आवश्यक है कि उन्हें धर्मशास्त्रों का मर्म ज्ञात हो। वैसे तो समस्त संसार ही बाइबिल, वेद और कुरान पढ़ता है, किंतु वे तो केवल शब्द हैं, विन्यास, व्युत्पत्ति, भाषाविज्ञान- धर्म की शुष्क अस्थियाँ मात्र। जो गुरु शब्द के आडंबर के चक्कर में पड़ जाते हैं, जिनका मन शब्दों की शक्ति में बह जाता है, वे भीतर का मर्म खो बैठते हैं। शास्त्रों की वास्तविक आत्मा के ज्ञान से ही सच्चे गुरु का निर्माण होता है। शास्त्रों का शब्दजाल एक सघन वन के समान है, जिसमें मनुष्य का मन भटक जाता है और रास्ता खोज भी नहीं पाता। विवेक चूड़ामणि (60, 58) में कहा गया है- "शब्दजाल तो चित्त को भटकाने वाला एक महावन है।" "विभिन्न प्रकार की शब्द-रचना, सुंदर भाषा में बोलने के विभिन्न ढंग और शास्त्र-मर्म की नाना प्रकार से व्याख्या करना- ये सब पंडितों के भोग के लिए ही हैं, इनसे अंतर्दृष्टि का विकास नहीं होता।" जो लोग इन उपायों से दूसरों को धर्म की शिक्षा देते हैं, वे मात्र अपना पांडित्य प्रदर्शित करना चाहते हैं। उनकी यही इच्छा रहती है कि विश्व उन्हें बहुत बड़ा विद्वान मानकर उनका सम्मान करे। विश्व के प्रधान आचार्यों में से कोई भी शास्त्रों की इस प्रकार नानाविध व्याख्या करने के झमेले में नहीं पड़ा। उन्होंने श्लोकों के अर्थ में खींचातानी नहीं की। वे शब्दार्थ और धात्वर्थ के फेर में नहीं पड़े। फिर भी उन्होंने संसार को बड़ी सुंदर शिक्षा दी।

गुरुदेव श्री रामकृष्ण एक कहानी कहते थे- "एक बार दो आदमी किसी बगीचे में घूमने गए। उनमें से एक, जिसकी विषय-बुद्धि जरा तेज थी, बगीचे में

प्रवेश करते ही हिसाब लगाने लगा- यहाँ कितने पेड़ आम के हैं, किस पेड़ में कितने आम हैं, एक-एक डाली में कितनी पत्तियाँ हैं, बगीचे की कीमत कितनी हो सकती है आदि आदि। पर दूसरा आदमी बगीचे के मालिक से भेंट करके, एक पेड़ के नीचे बैठ गया और मजे से एक-एक आम गिराकर खाने लगा। अब बताओ तो सही, इन दोनों में कौन अधिक बुद्धिमान है? आम खाओ, तो पेट भी भरे, केवल पत्ते गिनने और यह सब हिसाब लगाने से क्या लाभ?" ये पत्तियाँ और डालें गिनना तथा दूसरों को यह सब बताने का भाव बिलकुल त्याग दो। यह बात नहीं कि इन सबकी कोई उपयोगिता नहीं है किंतु धर्म के क्षेत्र में नहीं। इन 'पत्तियाँ गिनने वालों' में तुम एक भी आध्यात्मिक महापुरुष नहीं पाओगे। मनुष्य जीवन के सर्वोच्च ध्येय, मानव की महत्तम गरिमा धर्म के लिए इतनी 'पत्तियाँ गिनने' के श्रम की जरूरत नहीं। अगर तुम भक्त होना चाहते हो, तो तुम्हारे लिए यह जानना बिलकुल आवश्यक नहीं कि भगवान श्रीकृष्ण ने मथुरा में जन्म लिया था या ब्रज में, वे करते क्या थे और जब उन्होंने गीता की शिक्षा दी, तो उस दिन ठीक-ठीक तिथि क्या थी। गीता में कर्तव्य और प्रेम संबंधी जो उदात्त उपदेश दिए गए हैं, उनको अपने जीवन में उतारने का प्रयास करो, उनकी आवश्यकता हृदय से अनुभव करो। उसके तथा उसके प्रणेता के विषय में अन्य सब विचार तो केवल विद्वानों के आमोद के लिए हैं। वे जो चाहते हैं, करने दो। हम तो उनके पांडित्यपूर्ण विवाद पर केवल 'शांतिः शांतिः' कहेंगे और बस 'आम खाएँगे'।

एकनिष्ठता

स्वामी जी द्वारा दिए गए 'भक्तियोग' के अंतर्गत 'इष्टनिष्ठा' शीर्षक व्याख्यान से उद्धृत अंश

कैसा अच्छा होता, अगर ईश्वर की दया से यह संसार ऐसे लोगों से भरा होता, जो परम उदार और साथ ही गंभीर प्रेमसंपन्न हों! किंतु खेद है, ऐसे लोग

बहुत कम ही होते हैं। फिर भी हम जानते हैं कि बहुत से लोगों को ऐसे आदर्श में शिक्षित कर सकना संभव है, जिसमें प्रेम की तीव्रता तथा उदारता का अपूर्व सामंजस्य हो। और ऐसा करने का उपाय है यह इष्टनिष्ठा। अलग-अलग धर्मों के भिन्न-भिन्न संप्रदाय मानव जाति के समक्ष केवल एक-एक आदर्श रखते हैं, जबकि सनातन वेदांत धर्म ने तो भगवान के मंदिर में प्रवेश करने के लिए अनेक मार्ग खोल दिए हैं और मनुष्य-जाति के समक्ष असंख्य आदर्श उपस्थित कर दिए हैं। इन आदर्शों में से प्रत्येक उस अनंतस्वरूप ईश्वर की एक-एक अभिव्यक्ति है। परम करुणा के वश होकर वेदांत मुमुक्षु नर-नारियों को वे सब विभिन्न मार्ग दिखा देता है, जो अतीत तथा वर्तमान में तेजस्वी ईश्वर-तनयों या ईश्वर के अवतारों द्वारा मानव जीवन की वास्तविकताओं की कठोर चट्टानों से काटे गए हैं; और वह हाथ बढ़ाकर सबका, यहाँ तक कि भविष्य में होने वाले लोगों का भी, उस सत्य और आनंद के धाम में स्वागत करता है, जहाँ मनुष्य की आत्मा मायाजाल से मुक्त होकर संपूर्ण स्वाधीनता और अनंत आनंद में विभोर होकर रहती है।

अतः भक्तियोग हमें इस बात का आदेश देता है कि हम भगवत्प्राप्ति के विभिन्न मार्गों में से किसी के भी प्रति घृणा न करें, किसी को भी अस्वीकार न करें। फिर भी, जब तक पौधा छोटा रहे, जब तक वह बढ़कर एक बड़ा पेड़ न हो जाए तब तक उसे चारों ओर से रूँध रखना आवश्यक है। आध्यात्मिकता का यह छोटा पौधा अगर प्रारंभिक अपरिपक्व दशा में ही भावों और आदर्शों के सतत परिवर्तन के लिए खुला रहे, तो वह मर जाएगा। अनेक लोग 'धार्मिक उदारता' के नाम पर अपने आदर्शों को निरंतर बदलते रहते हैं और इस प्रकार अपनी व्यर्थ की उत्सुकता तृप्त करते रहते हैं। सदा नई बातें सुनने के लिए आतुर रहना उनके लिए एक बीमारी-सा, एक नशा-सा हो जाता है। क्षणिक स्नायविक उत्तेजना के लिए ही वे नई-नई बातें सुनना चाहते हैं और जब इस प्रकार की उत्तेजना देने वाली एक बात का प्रभाव उनके मन पर से चला जाता है, तब वे दूसरी बात सुनने को तैयार हो जाते हैं। उनके लिए धर्म एक प्रकार से अफीम के

नशे के समान है और बस, उसका वहीं अंत हो जाता है। भगवान श्री रामकृष्ण कहते थे- "एक दूसरे भी प्रकार का मानव है जिसकी उपमा जनश्रुति की सीपी से दी जा सकती है। सीपी समुद्र की तह छोड़कर स्वाति नक्षत्र के जल की एक बूँद लेने के लिए ऊपर उठ आती है और मुँह खोले हुए सतह पर तैरती रहती है। जैसे ही उसमें उस नक्षत्र का एक बूँद जल पड़ता है, वैसे ही वह मुँह बंद करके एकदम समुद्र की तह में चली जाती है और जब तक उस बूँद से एक सुंदर मोती का निर्माण नहीं कर लेती, तब तक वहीं विश्राम करती रहती है।"

इष्टनिष्ठा का भाव व्यक्त करने के लिए यह एक अत्यंत काव्यात्मक तथा सशक्त उदाहरण है और इतनी सुंदर उपमा शायद ही पहले कभी दी गई हो। साधक के लिए आरंभिक दशा में यह एकनिष्ठा नितांत आवश्यक है।

कार्यशक्ति का रूपांतरण

स्वामी जी द्वारा 25 जुलाई, 1895 ई. को दिए गए व्याख्यान 'पातंजल योगसूत्र' से उद्धृत अंश

कामुक कल्पना उतनी ही बुरी है, जितनी कि कामुक क्रिया। काम की इच्छा का दमन करने पर उससे उच्चतम फल लाभ होता है। काम-शक्ति को आध्यात्मिक शक्ति में परिणत करो, परंतु अपने को पुरुषत्वहीन मत बनाओ, क्योंकि उससे शक्ति का क्षय होगा। यह शक्ति जितनी प्रबल होगी, इसके द्वारा उतना ही अधिक कार्य हो सकेगा। प्रबल जलधारा मिलने पर ही उसकी सहायता से खान खोदने का कार्य संपन्न किया जा सकता है।

आध्यात्मिक प्रगति

29 मार्च, 1900 ई. को सैन फ्रांसिस्को में 'शिष्यत्व' शीर्षक से स्वामी जी द्वारा दिए गए भाषण से उद्धृत अंश

शुरू में जब ईसा पृथ्वी पर आए और उन्होंने उपदेश दिया। वे प्रबुद्ध, वे महान आत्माएँ जो समय-समय पर पृथ्वी पर आती रहती हैं, उनमें हमारे प्रति ईश्वरीय दर्शन का उद्घाटन करा देने की शक्ति रहती है। यही सच्चा बपतिस्मा है। हमारे कुछ विचित्र विश्वास होते हैं। उनमें से एक यह है कि कुछ अपवादस्वरूप आत्माएँ पहले से ही मुक्त हैं और जो जगत की भलाई के लिए, जगत को सहायता देने के लिए यहाँ जन्म लेती हैं। वे पहले से ही मुक्त होती हैं; उन्हें अपनी मुक्ति की चिंता नहीं होती, वे दूसरों की सहायता करना चाहती हैं। उन्हें कोई बात सिखाने की जरूरत नहीं होती। वे अपने बचपन से ही सब कुछ जानती हैं; वे जब छः महीने की शिशु होती हैं, तभी उच्चतम सत्य को वाणी से प्रकट कर सकती हैं।

मनुष्य जाति की आध्यात्मिक प्रगति इन मुक्त आत्माओं पर निर्भर है। वे उन प्रथम दीपों के समान हैं, जिनसे अन्य दीप जलाए जाते हैं। यह सही है कि प्रकाश सभी में है, पर अधिकांश लोगों में वह छिपा हुआ है। महात्मा शुरू से ही देदीप्यमान ज्योति होते हैं। उनके संपर्क में आने वाले मानो उनसे अपने दीप जला लेते हैं। इससे प्रथम दीप की कोई हानि नहीं होती; फिर भी वह अपना प्रकाश दूसरे दीपों को पहुँचाता है। करोड़ों दीप जल जाते हैं; किंतु प्रथम दीप अमंद ज्योति से जगमगाता रहता है। प्रथम दीप गुरु है और जो दीप उससे जलाया जाता है, वह शिष्य है। दूसरा अपनी बारी आने पर गुरु बनता है और यह क्रम निरंतर चलता जाता है। वे महान आत्माएँ, जिन्हें तुम ईश्वर का अवतार कहते हो, महाबलशाली आध्यात्मिक विशेषज्ञ होते हैं। वे आते हैं और अपनी शक्ति को अपने निकटतम शिष्यों को और उनके द्वारा पीढ़ी दर पीढ़ी शिष्यों को पहुँचाकर एक अति विशाल आध्यात्मिक प्रवाह को जन्म देते हैं।

संयम की महत्ता

स्वामी विवेकानन्द द्वारा दिए गए व्याख्यान 'कर्म का चरित्र पर प्रभाव' से उद्धृत अंश

एक तोप का गोला हवा में काफी दूर तक जाकर फिर गिर पड़ता है किंतु दूसरा गोला दीवार से टकराकर रुक जाने से उतनी दूर नहीं जा सकता, लेकिन उस टकराने से विपुल ताप की उत्पत्ति होती है। इसी तरह मन की सारी बहिर्मुखी गति किसी स्वार्थपूर्ण उद्देश्य की ओर दौड़ती रहने से छिन्न-भिन्न होकर बिखर जाती है; वह फिर तुम्हारे पास शक्ति लौटाकर नहीं लाती। किंतु अगर उसका संयम किया जाए, तो उससे शक्ति की वृद्धि होती है। इस आत्मसंयम से महान इच्छा-शक्ति का आविर्भाव होता है, वह बुद्ध अथवा ईसा जैसे चरित्र का निर्माण करता है। मूर्खों को इस रहस्य का पता नहीं रहता, लेकिन फिर भी वे मनुष्य-जाति पर शासन करने के इच्छुक रहते हैं। एक मूर्ख भी अगर कर्म करे और प्रतीक्षा करे, तो समस्त संसार पर शासन कर सकता है। यदि वह कुछ वर्ष तक प्रतीक्षा करे तथा अपने इस मूर्खताजन्य जगत-शासन के भाव को संयत कर ले, तो इस भाव के समूल नष्ट होते ही वह संसार में एक शक्ति बन जाएगा। किंतु जिस प्रकार कुछ पशु अपने से दो-चार कदम आगे कुछ नहीं देख सकते, इसी प्रकार हममें से अधिकतर लोग दो-चार वर्ष के आगे भविष्य नहीं देख सकते। हमारा संसार मानो एक क्षुद्र परिधि सा होता है, हम बस उसी में आबद्ध रहते हैं। उसके परे देखने का धैर्य हममें नहीं रहता और इसीलिए हम दुष्ट तथा अनैतिक हो जाते हैं। यह हमारी कमजोरी है, शक्तिहीनता है।

एक ऐसा व्यक्ति जो सांसारिक तथा सामाजिक जीवन के शोर भरे वातावरण का अभ्यस्त रहा है, यदि किसी नीरव स्थान में ले आया जाए, तो क्या वह आराम से रह सकेगा? बिलकुल नहीं। उसे क्लेश होगा और संभव है, उसका मस्तिष्क ही फिर जाए। आदर्श पुरुष तो वे हैं, जो परम शांति तथा निस्तब्धता के बीच भी तीव्र कर्म का और प्रबल कर्मशीलता के बीच भी मरुस्थल की शांति एवं निस्तब्धता का अनुभव करते हैं। उन्होंने संयम का रहस्य जान लिया है, वे अपने ऊपर विजय प्राप्त कर चुके हैं। किसी बड़े शहर की भरी हुई सड़कों के बीच से जाने पर भी उनका मन उसी तरह शांत रहता है, मानो वे किसी निःशब्द गुफा में हों और फिर भी उनका मन सारे समय कर्म में तीव्र रूप से लगा रहता है। यही कर्मयोग का आदर्श है और अगर तुमने यह प्राप्त कर लिया है, तो तुम्हें वास्तव में कर्म का रहस्य ज्ञात हो गया।

ज्ञान का अपार भंडार : मन

स्वामी जी द्वारा 'कर्मयोग' के अंतर्गत दिए गए भाषण 'कर्म का चरित्र पर प्रभाव' से उद्धृत अंश

ज्ञान मनुष्य में अंतर्निहित है। कोई भी ज्ञान बाहर से नहीं आता, सब अंदर ही है। हम जो कहते हैं कि मनुष्य 'जानता' है, उसे ठीक-ठीक मनोवैज्ञानिक भाषा में प्रकट करने पर हमें कहना चाहिए कि वह'आविष्कार करता' है। व्यक्ति जो कुछ 'सीखता' है, वह वस्तुतः 'आविष्कार करना' ही है।'आविष्कार' का अर्थ है- मनुष्य का अपनी अनंत ज्ञानस्वरूप आत्मा के ऊपर से आवरण को हटा लेना। हम कहते हैं कि न्यूटन ने गुरुत्वाकर्षण का आविष्कार किया। तो क्या वह आविष्कार कहीं एक कोने में बैठा हुआ न्यूटन का इंतजार कर रहा था? नहीं, वह उसके मन में ही था। समय आया और उसने उसे खोज निकाला। विश्व ने जो कुछ ज्ञान लाभ किया है, वह मन से ही निकला है। विश्व का असीम पुस्तकालय तुम्हारे मन में ही विद्यमान है। बाह्य जगत तो तुम्हें अपने मन के अध्ययन में लगाने के लिए उद्दीपक तथा अवसर मात्र है, किंतु सारे समय तुम्हारे अध्ययन का विषय तुम्हारा मन ही रहता है। सेब के गिरने ने न्यूटन को उद्दीपक प्रदान किया और उसने अपने मन का अध्ययन किया। उसने अपने मन में पहले से स्थित विचार-श्रृंखला की कड़ियों को एक बार फिर से विन्यस्त किया तथा उनमें एक नयी कड़ी का आविष्कार किया। उसी को हम गुरुत्वाकर्षण का नियम कहते हैं। यह न तो सेब में था और पृथ्वी के केंद्र में स्थित किसी अन्य वस्तु में। अतएव समस्त ज्ञान, चाहे वह व्यावहारिक हो या परमार्थिक, मनुष्य के मन में ही निहित है।

कृपा एवं स्वचेष्टा

1897 ई. में कलकत्ता में स्वामी जी और शिष्य के मध्य वार्तालाप से उद्धृत अंश

स्वामी जी- ... दुर्योधन ने भी विश्वरूप देखा था और अर्जुन ने भी देखा था। अर्जुन को विश्वास हुआ परंतु दुर्योधन ने उसे जादू समझा। अगर वे ही न समझाएँ तो और किसी प्रकार से समझने का उपाय नहीं है। किसी-किसी को बगैर कुछ देखे-सुने ही पूर्ण विश्वास हो जाता है और किसी को बारह वर्ष तक प्रत्यक्ष सामने रहकर विविध प्रकार की विभूतियाँ देखकर भी संदेह में पड़ा रहना होता है। सारांश यह है कि उनकी कृपा चाहिए किंतु लगे रहने से ही उनकी कृपा होगी।

शिष्य- महाराज, कृपा का क्या कोई नियम है?

स्वामी जी- है भी और नहीं भी।

शिष्य- यह कैसे?

स्वामी जी- जो तन, मन, वचन से सदा पवित्र रहते हैं, जिनका अनुराग प्रबल है, जो सत्-असत् का विचार करने वाले हैं और ध्यान तथा धारणा में लीन रहते हैं, उन्हीं पर भगवान की कृपा होती है। किंतु ईश्वर प्रकृति के सब निसर्ग नियमों के परे है अर्थात् किसी नियम के वश में नहीं है। श्री गुरुदेव जैसा कहते थे- 'उनका स्वभाव बच्चों के समान है।' इस कारण यह देखने में आता है कि किसी-किसी ने करोड़ों जन्मों से उन्हें पुकारा, लेकिन उनसे कोई उत्तर न पा सका। फिर जिसको हम पापी, तापी और नास्तिक समझते हैं, उसमें एकाएक चैतन्य का प्रकाश हो गया। उसके न माँगने पर भी ईश्वर ने उस पर कृपा कर दी। तुम यह कह सकते हो कि उसके पूर्व जन्म का संस्कार था। लेकिन इस रहस्य को समझना बड़ा कठिन है। श्री गुरुदेव कभी ऐसा भी कहते थे- "पूरी तरह उनके ही सहारे रहो, आँधी के जूठे पत्तल बन जाओ।" कभी कहते थे- "कृपा रूपी हवा तो चल ही रही है, तुम अपनी पाल उठा दो।"

शिष्य- महाराज, श्री रामकृष्ण तो कहते थे कि ईश्वर-कृपा होने पर, उन्हें पुकारने पर वे इन सब आसक्तियों को एक पल में मिटा देते हैं।

स्वामी जी- हाँ, उनकी कृपा होने पर ऐसा अवश्य होता है, लेकिन उनकी कृपा प्राप्त करनी हो तो पहले शुद्ध, पवित्र बन जाना चाहिए, काया-मन-वाक्य (कायमनोवाक्य) से पवित्र होना चाहिए, तभी उनकी कृपा होती है।

शिष्य- किंतु कायमनोवाक्य से अगर संयम कर सके तो फिर कृपा की जरूरत ही क्या है। तब तो फिर स्वयं अपनी ही चेष्टा से आत्मोन्नति की हुई समझी जाएगी।

स्वामी जी- तुझे प्राणपण से प्रयास करते देखकर ही वे कृपा करेंगे। उद्यम या प्रयास न करके बैठे रहो तो कभी कृपा न होगी।

शिष्य- संभवतः अच्छा बनने की इच्छा सभी की है; लेकिन पता नहीं कि किस दुर्जेय सूत्र से मन निम्नगामी बन जाता है; सभी लोग क्या यह नहीं चाहते कि 'मैं सत् बनूँगा, अच्छा बनूँगा, ईश्वर को प्राप्त करूँगा?'

स्वामी जी- जिनके मन में उस प्रकार की इच्छा हुई है, याद रखना उन्हीं में वैसा बनने की चेष्टा आई भी है और चेष्टा करते-करते ही ईश्वर की दया होती है।

शिष्य- यह ठीक है, किंतु मैं समझता हूँ कि जो लोग इंद्रिय आदि का दमन अथवा काम-कांचन का त्याग करके ईश्वर को प्राप्त करने के लिए सचेष्ट हैं, वे प्रयत्नवादी तथा स्वावलंबी हैं; और जो लोग केवल उनके नाम पर विश्वास कर निर्भर रहते हैं, भगवान समय पर काम-कांचन के प्रति उनकी आसक्ति को दूर करके अंततः परम पद दे ही देते हैं।

स्वामी जी- हाँ, किंतु ऐसे लोग बहुत ही कम हैं। सिद्ध होने के बाद लोग उन्हें ही कृपा-सिद्ध कहते हैं। परंतु ज्ञानी और भक्त दोनों के मत में त्याग ही मूलमंत्र है।

शिष्य- इसमें फिर संदेह क्या है! श्री गिरीशचंद्र घोष महाशय ने एक दिन मुझसे कहा था कि कृपा का कोई नियम नहीं है। अगर है तो उसे कृपा नहीं कहा जा सकता। वहाँ पर सभी गैरकानूनी कार्रवाइयाँ हो सकती हैं।

स्वामी जी- ऐसा नहीं है। घोष महाशय ने जिस स्थिति की बात कही है, वहाँ पर भी कोई अज्ञात कानून या नियम अवश्य है। गैरकानूनी कार्रवाई है अंतिम बात- देश-काल-निमित्त के परे के स्थान की बात; वहाँ पर कार्य कारण-संबंध नहीं है, इसीलिए वहाँ पर कौन किस पर कृपा करेगा? वहाँ पर सेव्य-सेवक, ध्याता-ध्येय, ज्ञाता-ज्ञेय सब एक हो जाते हैं- सभी समरस।

एक ध्येय के मार्ग अनेक

स्वामी विवेकानन्द द्वारा राजयोग के अंतर्गत दिए गए प्रथम अध्याय 'अवतरणिका' से उद्धृत अंश

प्रत्येक आत्मा अव्यक्त ब्रह्म है।

बाह्य तथा अंतःप्रकृति को वशीभूत करके आत्मा के इस ब्रह्मभाव को व्यक्त करना ही जीवन का चरम लक्ष्य है।

कर्म, उपासना, मनःसंयम या ज्ञान, इनमें से एक अथवा एक से अधिक या सभी उपायों का आश्रय लेकर अपना ब्रह्मभाव व्यक्त करो और मुक्त हो जाओ।

बस, यही धर्म का सर्वस्व है। मत, अनुष्ठान पद्धति, शास्त्र, मंदिर अथवा अन्य बाह्य क्रियाकलाप तो उसके गौण ब्यौरे मात्र हैं।

श्वेताश्वतरोपनिषद् के 2/5 तथा 3/8वें श्लोक में कहा गया है-

शृण्वन्तु विश्वे अमृतस्य पुत्रा आ ये धामानिं दिव्यानि तस्थुः।

वेदाहमेतं पुरुषं महान्तमादित्यवर्णं तमसः परस्तात्।
तमेव विदित्वाति मृत्युमेति नान्यः पन्था विद्यतेऽयनाय।।

अर्थात् हे अमृत के पुत्रो, हे दिव्यधामनिवासियो, सुनो- मैंने अज्ञान के अंधकार से आलोक में जाने का रास्ता पा लिया है। जो समस्त तम के पार है, उसको जानने पर ही वहाँ जाया जा सकता है, मुक्ति का और कोई दूसरा उपाय नहीं।

माया एवं मुक्ति

अंग्रेजी में रचित ग्रंथ 'रिमिनिसेन्सिज ऑफ स्वामी विवेकानन्द' के पृष्ठ 185, 180 से अनूदिश अंश

इस बार हम बंधन में न पड़ें। माया ने कई बार हमें पकड़ा है, कई बार हमने अपनी आजादी का विनिमय उन चीनी की गुड़ियों से किया है जो पानी में डालते ही घुल गईं।

धोखे में मत आओ। माया महाठगनी है। इससे बाहर आओ। इस बार स्वयं को उसके जाल में मत आने दो। इन भ्रमों के लिए अपनी अमूल्य धरोहर की बिक्री मत करो। उठो, जागो और लक्ष्य की प्राप्ति तक रुको मत।

अपने धन को मात्र उसी का संरक्षक समझो जो भगवान का है। इसके लिए लगाव मत रखो। नाम, यश और धन को जाने दो, वे भयंकर बंधन हैं। मुक्ति के अद्भुत परिवेश का अनुभव करो। तुम मुक्त हो, मुक्त हो, मुक्त हो! ओह, मैं धन्य हूँ, मैं मुक्तिस्वरूप हूँ! मैं अनंत हूँ! मैं अपनी आत्मा का कोई आदि-अंत नहीं पाता। सभी आत्मरूप है। इसे लगातार कहो।

उठो, जागो, अब और मत सोओ!

7 जून, 1896 ई. को सेंट जार्जेस रोड, लंदन से भगिनी निवेदिता को स्वामी जी द्वारा लिखित पत्र से उद्धृत अंश

मेरा आदर्श अवश्य ही बहुत कम शब्दों में कहा जा सकता है और वह है- मनुष्य-जाति को उसके दिव्य स्वरूप का उपदेश देना तथा जीवन के हर क्षेत्र में उसे अभिव्यक्त करने का उपाय बताना।

यह संसार अंधविश्वासों की जंजीरों से जकड़ा हुआ है। जो अत्याचार से दबे हुए हैं, चाहे वे पुरुष हों या स्त्री, मैं उन पर दया करता हूँ, किंतु अत्याचारियों के लिए भी मेरे अंदर करुणा है।

एक बात जो मैं सूर्य के प्रकाश के समान स्पष्ट देखता हूँ, वह यह कि अज्ञान ही दुःख का कारण है अन्य कुछ नहीं। संसार को प्रकाश कौन देगा? बलिदान भूतकाल से नियम रहा है और हाय! युगों तक इसे रहना है। संसार के वीरों

को और सर्वश्रेष्ठों को 'बहुजन हिताय, बहुजन सुखाय' अपना बलिदान करना होगा। असीम दया और प्रेम से ओत-प्रोत सैकड़ों बुद्धों की आवश्यकता है।

संसार के धर्म प्राणहीन परिहास की वस्तु हो गए हैं। संसार को जिस वस्तु की आवश्यकता है, वह है चरित्र। दुनिया को ऐसे लोग चाहिए, जिनका जीवन स्वार्थहीन ज्वलंत प्रेम का उदाहरण है। वह प्रेम एक-एक शब्द को वज्र के समान प्रभावशाली बना देगा।

मेरी दृढ़ धारणा है कि तुममें अंधविश्वास नहीं है। तुममें वह शक्ति मौजूद है, जो संसार को हिला सकती है, धीरे-धीरे और भी अन्य लोग आएँगे। 'साहसी' शब्द और उससे अधिक 'साहसी' कर्मों की हमें आवश्यकता है। उठो! उठो! दुनिया दुःख से जल रही है। क्या तुम सो सकती हो? हम बार-बार पुकारें, जब तक सोते हुए देवता जाग न उठें, जब तक अंतर्यामी देव उस पुकार का उत्तर न दें। जीवन में और क्या है? इससे महान कर्म क्या है? चलते-चलते मुझे भेद-प्रभेद सहित सब बातें ज्ञात हो जाती हैं। मैं उपाय कभी नहीं सोचता। कार्य-संकल्प का अभ्युदय अपने आप होता है और वह अपने जल से ही पुष्ट होता है। मैं केवल कहता हूँ, जागो, जागो!

4
ध्यान पर व्याख्यान

3 अप्रैल, 1900 ई. को सैन फ्रांसिस्को में वाशिंगटन हॉल में स्वामी जी द्वारा दिया गया व्याख्यान

सभी धर्मों ने ध्यान पर बल दिया है। योगियों का कहना है कि ध्यानस्थ अवस्था मन की उच्चतम संभव अवस्था है। जब मन किसी बाहरी वस्तु का अध्ययन करता है, तब वह उससे अपना तादात्म्य स्थापित कर लेता है और स्वयं लुप्त हो जाता है। प्राचीन भारतीय दार्शनिकों द्वारा दी गई उपमा का उपयोग करें तो मनुष्य की आत्मा स्फटिक के एक खंड के समान है, जो अपने निकट की वस्तु का रंग ग्रहण कर लेता है। आत्मा जिस वस्तु का स्पर्श करती है, उसी का रंग उसे लेना पड़ता है। यही कठिनाई है। वह बंधन बन जाता है। रंग इतना प्रबल है कि स्फटिक स्वयं को भूल जाता है और उसी रंग से अपना तादात्म्य स्थापित कर लेता है। मान लो कि स्फटिक के समीप एक लाल फूल है और स्फटिक वह लाल रंग ग्रहण कर लेता है तथा अपने को भूल जाता है और समझता है कि

वह लाल है। हम लोगों ने शरीर का रंग ग्रहण कर लिया है और भूल गए हैं कि हम क्या हैं। बाद में जो मुश्किलें आती हैं, वे सब केवल एक निर्जीव शरीरजन्य हैं। हमारे सभी भय, परेशानियाँ, चिंताएँ, कष्ट, भूलें, दुर्बलताएँ, बुराइयाँ केवल एक इस भारी भूल के कारण हैं कि हम शरीर हैं। यह साधारण व्यक्ति है। यह वह व्यक्ति है, जिसने अपने निकट के फूल का रंग धारण कर लिया है। हम उसी प्रकार शरीर नहीं हैं, जिस प्रकार स्फटिक लाल फूल नहीं है।

ध्यान का अभ्यास नियमित रूप से किया जाता है। स्फटिक जान जाता है कि वह क्या है, वह अपने रंग में आ जाता है। अन्य किसी वस्तु की तुलना में ध्यान हमें सत्य के अधिक निकट लाता है।

भारत में दो व्यक्ति मिलते हैं। अंग्रेजी में कहते हैं, "आप कैसे हैं?" भारतीय कुशल-प्रश्न है, "आप स्वस्थ अर्थात् अपने में स्थित हैं?" जिस क्षण तुम परस्थ हो जाते हो, उसी क्षण तुम दुःखी होने का खतरा उठाते हो। ध्यान से मेरा यही अभिप्राय है- आत्मा का अपने में स्थित होने के लिए प्रयास करना। वह अवस्था निश्चय ही आत्मा की स्वस्थतम अवस्था होगी, जब वह स्वचिंतन कर रही हो, अपनी ही गरिमा में स्थित हो। नहीं, हमारे पास जो अन्य विधियाँ हैं- संवेग को उत्तेजित करना, प्रार्थना करना तथा अन्य सब- उन सभी का वास्तव में एक यही लक्ष्य है। तीव्र संवेगात्मक उत्तेजना (रस-विभोर होने) में आत्मा स्वस्थ होने का प्रयत्न करती है। यद्यपि संवेग किसी बाह्य वस्तु से उदित हो सकता है तथापि मन एकाग्र हो जाता है।

ध्यान के तीन सोपान होते हैं- पहला वह है, जिसे धारणा कहते हैं, किसी वस्तु पर चित्त ठहराना। मैं इस गिलास पर अपना चित्त एकाग्र करता हूँ और गिलास के अलावा अन्य प्रत्येक वस्तु को उससे बाहर रखता हूँ। परंतु मन चंचल है। जब वह दृढ़ हो जाता है और उतना अधिक चंचल नहीं रहता, तब ध्यान कहलाता है। और जब मेरे तथा गिलास के मध्य का भेद मिट जाता है, तब उससे भी उच्चतर अवस्था होती है- समाधि या स्वरूपशून्यता। चित्त और गिलास में अभेद हो जाता है। मुझे कोई भेद दिखाई नहीं पड़ता। सभी इंद्रियाँ रुक जाती हैं

और अन्य इंद्रियों के अन्य प्रवाह-मार्गों में सक्रिय शक्तियाँ चित्त में केंद्रित हो जाती हैं। तब यह गिलास पूर्णरूप से मन की शक्ति के अधीन हो जाता है। इसे ही प्राप्त करना है। यह एक जबरदस्त खेल है, जिसे योगी खेलते हैं। ... निश्चित मान लो कि बाह्य वस्तु का अस्तित्व है। तब जो सचमुच हमसे बहिर्निष्ठ है, वह वह नहीं है, जिसे हम देखते हैं। जिस गिलास को मैं देखता हूँ, वह निश्चय ही बाह्य वस्तु नहीं है। जो कोई बाह्य वस्तु गिलास में है, उसे मैं नहीं जानता और न कभी जान सकूँगा।

मुझ पर किसी वस्तु का संस्कार पड़ता है। तत्क्षण मैं उसकी ओर प्रतिक्रिया प्रेषित करता हूँ, इन दोनों के संयोग का परिणाम है गिलास। बाह्य से क्रिया 'क'। अभ्यंतर की क्रिया 'ख'। गिलास है 'क' 'ख'। जब तुम 'क' पर देखते हो तब उसे बाह्य जगत कहते हो, 'ख' पर देखते हो तो अंतर्जगत। ... अगर तुम इस विभेद का पता लगाने का प्रयास करोगे कि कौन तुम्हारा मन है और कौन जगत है तो इस प्रकार का कोई विभेद नहीं है। जगत तुम्हारा तथा किसी अन्य वस्तु का संयोग है।

हम एक और उदाहरण लें। तुम किसी झील के तरंगविहीन धरातल पर पत्थर गिरा रहे हो। प्रत्येक पत्थर के गिरने के बाद एक प्रतिक्रिया होती है। झील की छोटी तरंगों से पत्थर ढक जाता है। इसी प्रकार बाह्य वस्तुएँ इस मनोह्रद में गिरने वाले पत्थरों के समान हैं। अतः हम वास्तव में बाह्य वस्तु नहीं देखते, हम केवल तरंग देखते हैं।

ये तरंगें जो मन में उठती हैं, बाहर की बहुत-सी वस्तुओं का कारण बन जाती हैं। हम लोग आदर्शवाद और यथार्थवाद के गुणों की चर्चा नहीं कर रहे हैं। हम इसे सुनिश्चित मान लेते हैं कि बाह्य जगत में वस्तुओं का अस्तित्व है, परंतु जो हम देखते हैं, वह उन वस्तुओं से भिन्न है, जिनका बाह्य जगत में अस्तित्व है, क्योंकि जिनका बाह्य जगत में अस्तित्व है, उन्हें और स्वयं अपने को मिलाकर हम देखते हैं।

मान लो, गिलास से मैं अपना योग हटा लेता हूँ। बचता क्या है? प्रायः कुछ नहीं। गिलास लुप्त हो जाएगा। अगर मेज से मैं अपना योग हटा लूँ, तो मेज में क्या बचेगा? निश्चय ही यह मेज नहीं रहेगी, क्योंकि वह बाह्य तथा मेरी देन का मिश्रण है। पत्थर जब कभी झील में फेंका जाएगा, तब उसकी ओर बेचारी झील को तरंगें भेजनी पड़ेंगी। किसी भी संवेदना के होने पर मन को उधर तरंगें भेजनी ही पड़ेंगी। मान लो... हम लोग मन को रोक लें। उसी क्षण हम लोग स्वामी बन जाते हैं। इन सब इंद्रियगोचर विषयों को अपना योगदान देना हम अस्वीकार कर देते हैं। अगर मैं अपना अंश नहीं देता तो, उसे बंद होना ही पड़ेगा।

हर समय तुम बंधन की सृष्टि कर रहे हो। कैसे? अपना अंश प्रदान करके हम लोग अपनी शैयाओं का निर्माण कर रहे हैं, अपनी ही बेड़ियों की सृष्टि कर रहे हैं। जब बाह्य वस्तु और स्वयं मेरे अपने बीच का तादात्म्य वृत्ति का अंत हो जाने पर मैं अपना भाग निकाल सकता हूँ और वह वस्तु लुप्त हो जाएगी। तब मैं कहूँगा- "यह गिलास है" और फिर अपना मन हटा लूँगा और वह लुप्त हो जाएगा। अगर तुम अपना भाग निकाल सको, तो तुम जल पर चल सकते हो। फिर वह तुमको क्यों डुबाए? विष है तो क्या? अब और कठिनाइयाँ नहीं। प्रकृति की प्रत्येक इंद्रियगोचर क्रिया में तुम्हारा योगदान कम से कम आधा होता है और आधा प्रकृति का होता है। अगर तुम्हारा आधा निकाल लिया जाए, तो वस्तु का अंत अवश्य हो जाए।

प्रत्येक क्रिया की समान प्रतिक्रिया होती है। यदि कोई व्यक्ति मुझ पर प्रहार करता है और मुझे चोट पहुँचाता है, तो वह उस आदमी की क्रिया और मेरे शरीर की प्रतिक्रिया है। मान लो, शरीर पर मेरा इतना अधिकार हो कि मैं उस स्वचालित क्रिया का प्रतिरोध कर सकूँ। क्या ऐसी सामर्थ्य प्राप्त की जा सकती है? शास्त्रों का कहना है कि हो सकता है। अगर तुमको (यह) दैवात मिल गया, तो चमत्कार है। अगर तुम इसे वैज्ञानिक ढंग से जान लो तो योग है।

मन की शक्ति द्वारा लोगों को चंगा होते हुए मैंने देखा है। चमत्कारी व्यक्ति होता है। हम कहते हैं कि वह प्रार्थना करता है और व्यक्ति चंगा हो जाता है।

दूसरा व्यक्ति कहता है- "तनिक भी नहीं। यह तो केवल मन की शक्ति है। यह आदमी वैज्ञानिक है। वह जानता है कि उसे क्या करना है।"

ध्यान की शक्ति हमें सब कुछ प्राप्त करा देती है। अगर तुम प्रकृति के ऊपर अधिकार चाहते हो, तो तुम ध्यान द्वारा उसे प्राप्त कर सकते हो। ध्यान की शक्ति द्वारा ही आज विविध वैज्ञानिक तथ्यों की खोज की जाती है। वे विषय का अध्ययन करते हैं और सब कुछ भूल जाते हैं, स्वयं अपनी सुध और प्रत्येक वस्तु को भूल जाते हैं और तब वह महान तथ्य प्रकाश के समान कौंधता हुआ आता है। कुछ लोग सोचते हैं कि वह अंतःस्फुरण है। जैसे बहिःस्फुरण नहीं है, वैसे ही कोई अंतःस्फुरण नहीं है और कभी कोई वस्तु मुफ्त में नहीं मिली।

उच्चतम तथाकथित अंतःस्फुरण था ईसा का कार्य। पूर्व जन्मों में उन्होंने युग-युग तक अध्यवसाय किया। यह उनके पूर्व कर्मों, अध्यवसायपूर्ण कर्मों का परिणाम था। अंतःस्फुरण की बातें कहना एकदम मूर्खता है। अगर वैसा कुछ होता, तो वह जलवृष्टि के समान झड़ने लगती। किसी भी विचार-क्षेत्र में अंतःस्फुरणसंपन्न व्यक्ति केवल उन्हीं राष्ट्रों में मिलते हैं, जिनमें सामान्य शिक्षा और संस्कृति होती है। कोई अंत:स्फुरण नहीं होता। जिसे अंतःस्फुरण मान लिया जाता है, वह उन कारणों का परिणाम है, जो मन में पहले से ही मौजूद रहते हैं। एक दिन परिणाम के रूप में प्रकाश कौंध जाता है! उनका पूर्व कर्म कारण था।

उसमें भी तुमको ध्यान-शक्ति दिखाई पड़ती है- विचार-तीव्रता। ये लोग अपनी ही आत्मा को मथ डालते हैं। महान सत्य सतह के ऊपर उठ आते हैं और व्यक्त हो जाते हैं। इस कारण ध्यान का अभ्यास ज्ञान की महती वैज्ञानिक विधि है। ध्यान-शक्ति के बिना कोई ज्ञान नहीं होता। ध्यान के माध्यम से हम अज्ञान, कुसंस्कार आदि रोगों से संप्रति मुक्त हो सकते हैं, अधिक नहीं। मान लो एक व्यक्ति ने मुझसे कहा है- "यदि आप इस तरह का विष-पान करेंगे, तो आप मर जाएँगे," और दूसरा व्यक्ति रात में आकर कहता है- "जाइए, विष पी लीजिए!" और मैं नहीं मरता तो जो होता है, वह इस प्रकार है- मेरे मन ने विष तथा स्वयं

मेरे बीच की तादात्म्य वृत्ति को बस उतने समय के लिए ध्यान से काट दिया। दूसरी बार विष पीने से मैं मर जाऊँगा।

यदि मैं कारण जानता हूँ और वैज्ञानिक विधि से अपने को ध्यान की उस अवस्था तक उठा सकूँ, तो मैं किसी को भी बचा सकता हूँ। शास्त्रों का यही कहना है, परंतु यह कहाँ तक सही है, इसकी जानकारी तुम स्वयं करो। मुझसे पूछा जाता है- "आप भारतीयजन इन चीजों पर क्यों नहीं विजय प्राप्त कर लेते? हर समय आपका यह दावा रहता है कि आप लोग अन्य देशों के लोगों से श्रेष्ठतर हैं। आप लोग योगाभ्यास करते हैं और अन्य किसी की तुलना में शीघ्र करते हैं। आप लोगों में अधिक पात्रता है। इसे कर डालिए। अगर आपका राष्ट्र महान है, तो आपकी व्यवस्था महान होनी चाहिए। आपको सभी देवताओं को विदा करना होगा। जब आप महान दार्शनिकों को लेते हैं, तब उन देवताओं को शयन करने दीजिए। आप लोग निरे बच्चे हैं। संसार के शेष भाग के लोगों के समान आप लोग भी अंधविश्वासी हैं। और आपके सभी दावे असफल हैं, अगर आपके दावे हैं, तो खड़े हो जाइए और वीर बनिए तथा सभी स्वर्ग, जिनका किसी भी समय अस्तित्व रहा हो, आपके हो जाएँगे। कस्तूरी मृग होता है, जिसके भीतर सुगंध होती है और वह नहीं जानता कि सुगंध कहाँ से आती है। तब कितने ही दिनों बाद उसे पता लगता है, यह उसी के भीतर विद्यमान है। ये सभी देव और असुर उनके भीतर हैं। युक्ति, शिक्षा और संस्कृति की सामर्थ्य से पता लगाइए कि यह सब आपके भीतर है। अब न कोई देवता रहे और न अंधविश्वास। आप लोग विवेकवान होना चाहते हैं, योगी होना चाहते हैं और सच्चे आध्यात्मिक होना चाहते हैं।"

(मेरा उत्तर है- तुम लोगों की भी तो) प्रत्येक वस्तु भौतिक है। इससे बढ़कर भौतिकता क्या होगी कि ईश्वर सिंहासन पर विराजमान है? जो व्यक्ति मूर्ति-पूजा करता है, उस बेचारे को तुम लोग हेय नजर से देखते हो। तुम उनसे भले नहीं। और तुम, कांचन के पुजारियो, तुम लोग क्या हो? मूर्ति-पूजक अपने भगवान की पूजा करता है, कुछ ऐसी वस्तु है, जिसे वह देख सकता

है। किंतु तुम लोग तो वह भी नहीं करते। तुम आत्मा या किसी ऐसी वस्तु की पूजा नहीं करते, जिसको तुम समझ सको। शब्द-पूजको! ईश्वर आत्मा है!' ईश्वर आत्मा है और उसकी पूजा आत्मा में तथा निष्ठापूर्वक करनी चाहिए। आत्मा का निवास कहाँ है? किसी वृक्ष पर? किसी बादल पर? ईश्वर हमारा है, इसमें तुम्हारा क्या अभिप्राय है? तुम आत्मा हो। वह प्रथम आधारभूत प्रत्यय है, जिसका तुम कभी परित्याग न करो। मैं आध्यात्मिक प्राणी हूँ। यह वहाँ है। योग के इस सारे कौशल और ध्यान की इस प्रणाली और प्रत्येक वस्तु का उद्देश्य उस ईश्वर को वहाँ प्राप्त कर लेना है।

यह सब मैं अभी क्यों कह रहा हूँ? जब तक तुम ठीक स्थान (लक्ष्य) निर्धारित नहीं कर लेते, तब तक तुम बात नहीं कर सकते। ठीक स्थान निर्धारित न करके तुम उसे स्वर्ग में तथा सारी दुनिया में निर्धारित करते हो। मैं जीवात्मा हूँ और इसलिए सभी जीवों की आत्माओं का निवास मेरी आत्मा में अवश्य होगा। जो सोचते हैं कि वह कहीं अन्यत्र है, वे अनजान हैं। अतः उसको यहीं इसी स्वर्ग में खोजना चाहिए; किसी भी काल में जिस किसी स्वर्ग का अस्तित्व रहा होगा, वह स्वयं मेरे भीतर है। कुछ ऐसे ऋषि हैं, जो इसे जानकर अपनी दृष्टि को अंतर्मुखी कर देते हैं और अपनी ही आत्मा के अंदर सभी आत्माओं की आत्मा को प्राप्त करते हैं। ईश्वरविषयक और आत्मविषयक सत्य का पता लगाओ और इस प्रकार मुक्त हो जाओ।

तुम सब जीवन के पीछे भाग रहे हो और हम देखते हैं कि यह मूर्खता है। जीवन से भी बहुत ऊँची कोई वस्तु है। यह जीवन उससे घटकर और भौतिक है। मैं जिंदा ही क्यों रहूँ? मैं जीवन से उच्चतर कोई वस्तु हूँ। जीवन सदा दासता है। हम सदा घुल-मिल जाते हैं। प्रत्येक वस्तु दासता की अजस्र श्रृंखला है।

तुम्हीं कुछ प्राप्त करते हो और कोई व्यक्ति दूसरे को सिखा नहीं सकता। अनुभव से हम सीखते हैं। उस युवक को यह विश्वास नहीं दिलाया जा सकता कि जीवन में कोई कठिनाई है। तुम उस वृद्ध पुरुष को यह विश्वास नहीं दिला सकते कि जीवन पूर्णतया निरापद है। वह बहुत अनुभव कर चुका है। यही अंतर है।

ध्यान की शक्ति के द्वारा हमें इन सब वस्तुओं पर क्रम से नियंत्रण स्थापित करना है। हम लोगों ने दार्शनिक दृष्टि से देख लिया है कि इन सभी विभेदों आत्मा, मन और भौतिक पदार्थों आदि की कोई वास्तविक सत्ता नहीं है। जो कुछ सत् है, वह एक है, अनेक नहीं हो सकते। विज्ञान और ज्ञान का यही तात्पर्य है। अज्ञान अनेकता देखता है और ज्ञान एक का साक्षात्कार करता है। अनेक को एक में परिणत करना विज्ञान है। समग्र जगत को एक सिद्ध किया गया है। उस विज्ञान को वेदांत का विज्ञान कहा जाता है। समस्त जगत एक है। इस समस्त प्रतीयमान विविधता में वही एक व्याप्त है।

इस समय हमारे सामने ये सब विविधताएँ हैं और उन्हें हम देखते हैं। उन्हें हम पंचभूत कहते हैं- पृथ्वी, जल, अग्नि, वायु और आकाश। इसके परे सत्ता की अवस्था मानसिक है और उसके भी परे है आध्यात्मिक। यह नहीं है कि आत्मा एक है, मन दूसरा है, आकाश उससे पृथक् है आदि-आदि। सत्ता एक ही है, जो इन सभी विविधताओं में दिखाई पड़ती है। विपरीत क्रम से चिंतन करें, तो ठोस अवश्य द्रव बनेगा। जिस क्रम से पंचभूतों का विकास हुआ, उसी के अनुसार उनका प्रतिगमन होगा। पृथ्वी जल बनेगी, फिर आकाश। यही है ब्रह्मांड-भाव, विश्व-भाव। बाह्य विश्व है और विश्वात्मा है, मन है, आकाश है, वायु है, अग्नि है, जल है और पृथ्वी है।

वही मन के विषय में है। मैं पिंड में भी ठीक वही हूँ। मैं आत्मा हूँ, मैं मन हूँ, मैं आकाश, पृथ्वी, जल और वायु हूँ। मैं जो करना चाहता हूँ, वह यह है कि मैं अपनी उसी आध्यात्मिक स्थिति में वापस पहुँच जाऊँ। यह व्यक्ति-विशेष पर निर्भर है कि वह एक ही अल्पकालिक जीवन में समस्त विश्व का जीवन व्यतीत कर ले। इस प्रकार व्यक्ति इसी जीवन में मुक्त हो सकता है। अपने ही छोटे से जीवन काल में जीवन के पूर्ण विस्तार का भोग करने की शक्ति उसमें है।

हम सब संघर्ष करते हैं। अगर हम पूर्ण तक न पहुंच सके, तो कहीं न कहीं पहुंचेंगे ही, और हम जो आज हैं, उसकी अपेक्षा अच्छे ही रहेंगे।

ध्यान वह अभ्यास है जिसमें सब कुछ उस परम सत्य आत्मा में घुला दिया जाता है। पृथ्वी जल में रूपांतरित होती है, जल वायु में, वायु आकाश में, तब मन और फिर वह मन भी विलीन हो जाता है। सब आत्मा ही है।

कुछ योगियों का दावा है कि यह शरीर द्रव आदि बन जाएगा। तुम उसे कुछ भी बनाने में समर्थ हो सकते हो। उसे छोटा या वायु बना सक़ते हो, दीवार में प्रवेश करा सकते हो, ऐसा उनका दावा है।

मैं नहीं जानता। मैंने ऐसा करते किसी को नहीं देखा है। किंतु ग्रंथों में ऐसा लिखा है। उन ग्रंथों पर अविश्वास करने का हमारे पास कोई ठोस कारण नहीं है।

संभवतः हममें से कुछ इसको इसी जीवन में करने में समर्थ होंगे। हमारे पूर्व कर्मों के फलस्वरूप वह प्रकाश के समान कौंध पड़ता है। कौन जानता है, लेकिन यहाँ कुछ प्राचीन योगी हैं, जिन्हें पूरे कार्य की समाप्ति में थोड़ा ही करना शेष रह गया है। अभ्यास करो!

तुम जानते हो, ध्यान कल्पना की प्रक्रिया से आता है, तुम तत्वशोधन की इन विभिन्न प्रक्रियाओं से होकर बढ़ो, एक को दूसरे में रूपांतरित करते जाओ, फिर उसको अपने से ऊँचे में, फिर उसको मन में, फिर उसको आत्मा में और तब तुम आत्मा हो जाओ।

आत्मा नित्य मुक्त है, सर्वशक्तिमान तथा सर्वज्ञ है। निश्चय ही ईश्वर के अधीन है। ईश्वर अनेक नहीं हो सकते। ये मुक्त आत्माएँ आश्चर्यजनक रूप से शक्तिमान, प्रायः सर्वशक्तिमान होती हैं। परंतु ईश्वर जितनी शक्तिमान कोई नहीं हो सकती। अगर कोई मुक्त आत्मा कहती है- "मैं इस ग्रह को इस मार्ग पर चलाऊँगी" और दूसरी कहती है- "मैं इसे उस मार्ग पर चलाऊँगी", तो गड़बड़ हो जाए।

क्या तुम यह गलती नहीं करते हो! जब मैं अंग्रेजी में कहता हूँ- "मैं ईश्वर (गॉड) हूँ!" तो इसका कारण यह है कि उससे उत्तम कोई शब्द मेरे पास नहीं है। संस्कृत में ईश्वर का अर्थ है, पूर्ण सत्ता, पूर्ण ज्ञान, पूर्ण बुद्धि, असीम, स्वप्रकाशित चेतना। सगुण-साकार नहीं, वह निर्गुण निराकार है।

मैं राम कभी नहीं हूँ। ईश्वर के साथ, ईश्वर के सगुण रूप के साथ कभी एकाकार नहीं हूँ किंतु ब्रह्म के साथ, निर्गुण, सर्वव्यापी सत्ता के साथ मैं एकाकार हूँ। यह मृत्तिका का विशाल पिंड है। उस मृत्तिका में से मैंने एक छोटा चूहा बनाया और तुमने छोटा हाथी। दोनों ही मिट्टी हैं। दोनों को बिगाड़ दो। दोनों अनिवार्य रूप से एक हैं। 'मैं और मेरे पिता एक ही हैं।' परंतु मिट्टी का चूहा कभी मिट्टी के हाथी के साथ एकाकार नहीं हो सकता।

मैं कहीं रुक जाता हूँ, मुझे थोड़ा ज्ञान है। तुमको थोड़ा अधिक ज्ञान है, तुम भी कहीं रुकते हो। एक आत्मा ऐसी है, जो सबसे महान है। यह ईश्वर है, योगेश्वर है, सृष्टिकर्ता ईश्वर, सोपाधिक। वह सत्ताधारी है। वह सर्वशक्तिमान है। वह प्रत्येक हृदय में निवास करता है। कोई शरीर नहीं है। उसे शरीर की जरूरत नहीं है। ध्यान आदि से जो कुछ तुम पाते हो, उसे तुम ईश्वर, योगीश्वर का ध्यान कर प्राप्त कर सकते हो।

किसी महात्मा का ध्यान करने से भी उसकी प्राप्ति हो सकती है अथवा जीवन के सामंजस्य पर ध्यान करने से भी। इनको विषय या वस्तुनिष्ठ ध्यान कहते हैं। इस प्रकार तुम कुछ बाह्य वस्तुओं का, बहिःस्थ या अंतःस्थ, ध्येयात्मक विषयों का ध्यान करते हो। यदि तुम कोई लंबा वाक्य लो, तो वह कदापि ध्यान नहीं है। वह तो जप से मन को एकाग्र करने का प्रयास मात्र है। ध्यान का अर्थ यह है कि मन को मोड़कर मन में ही लगा दिया जाए। मन की समस्त विचार-तरंगें रुक जाएँ, तो संसार रुक जाएगा। तुम्हारी चेतना विस्तृत होती है। जितनी बार तुम ध्यान करोगे, उतना ही अधिक तुम्हारा विकास होगा। थोड़ा और अध्यवसाय करो, लगातार बढ़ाते जाओ और ध्यान जम जाएगा। तुमको शरीर अथवा अन्य किसी वस्तु का भान न होगा। जब तुम ध्यान-काल के बाद उससे उठोगे, तब तुमको प्रतीत होगा कि जीवन-काल की सर्वाधिक सुंदर विश्रांति प्राप्त हुई है। तुम अपने शरीर को जब कभी विश्राम देते हो, तो उसका वही एकमात्र उपाय है। गहरी से गहरी नींद से भी उतना विश्राम नहीं मिलेगा, जितना उससे मिलेगा। मन प्रगाढ़तम निद्रा में भी उछलता-कूदता रहता है। ध्यान के उन कुछ क्षणों में

तुम्हारा मस्तिष्क लगभग रुक जाता है। थोड़ी-सी जीवनी शक्ति बनी रहती है। तुम शरीर को विस्मृत कर देते हो। तुम टुकड़े-टुकड़े काट डाले जाओ, फिर भी तुमको लेशमात्र अनुभव न हो। उसमें तुमको इतना आनंद प्राप्त होगा। तुम इतने हल्के हो जाओगे। यह पूर्ण विश्रांति हमें ध्यान में मिलेगी।

तब विभिन्न वस्तुओं का ध्यान। सुषुम्ना के विभिन्न चक्रों पर ध्यान किया जाता है। योगियों का मत है कि मेरुदंड में इड़ा और पिंगला नामक दो नाड़ियाँ हैं। वे दो प्रमुख नाड़ियाँ हैं, जिनसे अभिवाही तथा अपवाही नाड़ीय प्रवाह होता रहता है। पोली नाड़ी, जिसे सुषुम्ना कहा जाता है, मेरुदंड के मध्य भाग से जाती है। योगियों का कहना है कि यह नाड़ी बंद है, किंतु ध्यान के बल से उसे खोलना है। शक्ति को मेरुदंड के आधार तक नीचे उतारना है और कुंडलिनी जाग जाती है। संसार बदल जाएगा।

हजारों दिव्य प्राणी तुम्हारे पास खड़े हैं। तुम उन्हें नहीं देख पाते, क्योंकि हमारा जगत इंद्रिय-निर्धारित है। हम मात्र इस बाह्य को देख सकते हैं। आओ, इसे 'क' की संज्ञा दें। हम अपनी मानसिक अवस्था के अनुसार 'क' को देखते हैं। बाहर सामने जो वृक्ष खड़ा है, उसे लो। एक चोर आया और उसने तने में क्या देखा? पुलिस का एक जवान। बच्चे ने एक बड़ा भूत देखा। युवक अपनी प्रेयसी की प्रतीक्षा में था और उसने क्या देखा? अपनी प्रेयसी को। किंतु पेड़ का तना बदला नहीं था। वह तो जैसे का तैसा रहा। यह स्वयं ईश्वर है और हम अपनी मूर्खता के कारण उसे मनुष्य, धूल, मूक और दुःखी समझते हैं।

जो लोग एक ही तरह से निर्मित हैं, वे स्वाभाविक रूप से एक समुदाय बना लेंगे और एक प्रकार के लोक में रहेंगे। दूसरे प्रकार से कहा जाए, तो तुम एक ही स्थान पर रहते हो। सब स्वर्ग और सब नरक यहीं पर है। उदाहरण के लिए, बड़े वृत्तों के रूप में धरातलों को लो, जो कुछ बिंदुओं पर एक दूसरे को काटते हों। एक वृत्त के इस धरातल पर हम दूसरे वृत्त के किसी बिंदु के संस्पर्श में हो सकते हैं। अगर मन केंद्र में पहुँच जाए, तो तुम सभी धरातलों के प्रति चैतन्य होने लगते हो। ध्यान-काल में कभी-कभी तुम किसी दूसरे स्तर को स्पर्श करते हो और तुम

अन्य प्राणी, अशरीरी जीवात्माएँ और इसी प्रकार की वस्तुएँ देखते हो। तुम वहाँ ध्यान-बल के माध्यम से पहुँचते हो। यह बल हमारी इंद्रियों को बदल रहा है, तुम समझो कि वह हमारी इंद्रियों को सूक्ष्म बना रहा है। अगर तुम शुरू में पाँच दिन अभ्यास करो, तो तुम इन चेतना के केंद्रों के भीतर पीड़ा का अनुभव करोगे और श्रवण-शक्ति सूक्ष्मतर हो जाएगी। यही कारण है कि सभी भारतीय देवताओं के तीन नेत्र होते हैं। वह यौगिक दिव्य चक्षु है, जो खुल जाता है और तुमको आध्यात्मिक वस्तुओं का दर्शन कराता है।

जैसे-जैसे यह कुंडलिनी शक्ति उद्बुद्ध होकर सुषुम्ना के एक चक्र से दूसरे चक्र में चढ़ती है, वैसे-वैसे वह इंद्रियों को बदलती है और तुम इस विश्व को दूसरे विश्व के रूप में देखने लगते हो। यह स्वर्ग है। तुम बोल नहीं सकते। तब कुंडलिनी नीचे के चक्रों में जाती है। तुम फिर तब तक मानव हो, जब तक कुंडलिनी मस्तिष्क सहस्रार में नहीं पहुँच जाती, सब चक्रों का भेदन नहीं हो चुकता, सारा दृश्य लुप्त नहीं हो जाता और तुम कुछ नहीं, बल्कि एक सत्ता का साक्षात्कार नहीं करते हो। तुम ईश्वर हो। उसी से तुम सारे स्वर्गों का निर्माण करते हो, उसी से सब लोकों का भी। वही एक सत्ता है। अन्य किसी का कोई अस्तित्व नहीं है।

नोट्स

www.ingramcontent.com/pod-product-compliance
Lightning Source LLC
LaVergne TN
LVHW100840051026
849519LV00006B/2375
* 9 7 8 9 3 6 7 9 3 2 5 7 5 *